suhrkamp taschenbuch 206

Der junge Schüler Emil Sinclair ist noch auf der Suche nach sich selbst, als er sich, magisch angezogen vom Reiz des Verbotenen, auf Franz Kromer einläßt und schließlich von dem Gassenjungen erpreßt wird. Aber dann kommt ein Neuer in die Klasse: Max Demian. Er befreit Emil aus der Abhängigkeit und lehrt ihn, das Leben ganz anders zu betrachten.

Als Hermann Hesses Roman *Demian* 1919 unter dem Pseudonym Emil Sinclair erschien, erlebte das Buch eine geradezu stürmische Aufnahme. Thomas Mann verglich seine elektrisierende Wirkung mit jener von Goethes *Werther*.

»Unsere Zeit macht es der Jugend schwer. Es besteht überall das Streben, die Menschen gleichförmig zu machen und ihr Persönliches möglichst zu beschneiden. Dagegen wehrt sich die Seele mit Recht, daraus entstehen die ›Demian‹-Erlebnisse.«

Hermann Hesse, Demian

Hermann Hesse, geboren am 2. Juli 1877 in Calw/Württemberg, starb am 9. August 1962 in Montagnola bei Lugano. Er wurde 1946 mit dem Nobelpreis für Literatur, 1955 mit dem Friedenspreis des Deutschen Buchhandels ausgezeichnet. Er ist einer der bekanntesten deutschen Autoren des 20. Jahrhunderts.

Hermann Hesse
Demian

*Die Geschichte
von Emil Sinclairs
Jugend*

Suhrkamp

Demian erschien zum erstenmal
1925 im S. Fischer Verlag, Berlin

53. Auflage 2022

Erste Auflage 1974
suhrkamp taschenbuch 206
© 1974, Suhrkamp Verlag AG, Berlin
Alle Rechte vorbehalten. Wir behalten uns auch eine Nutzung des
Werks für Text und Data Mining im Sinne von § 44b UrhG vor.
Umschlagabbildung: Klaus Kromarek
Umschlag: Göllner, Michels, Zegarzewski
Satz: IBV Satz- und Datentechnik GmbH, Berlin
Druck und Bindung: CPI books GmbH, Leck
Dieses Buch wurde klimaneutral produziert:
climatepartner.com/14438-2110-1001.
Printed in Germany
ISBN 978-3-518-36706-3

www.suhrkamp.de

Demian

Ich wollte ja nichts als das zu leben versuchen, was von selber aus mir heraus wollte. Warum war das so sehr schwer?

Um meine Geschichte zu erzählen, muß ich weit vorn anfangen. Ich müßte, wäre es mir möglich, noch viel weiter zurückgehen, bis in die allerersten Jahre meiner Kindheit und noch über sie hinaus in die Ferne meiner Herkunft zurück.

Die Dichter, wenn sie Romane schreiben, pflegen so zu tun, als seien sie Gott und könnten irgendeine Menschengeschichte ganz und gar überblicken und begreifen und sie so darstellen, wie wenn Gott sie sich selber erzählte, ohne alle Schleier, überall wesentlich. Das kann ich nicht, so wenig wie die Dichter es können. Meine Geschichte aber ist mir wichtiger als irgendeinem Dichter die seinige; denn sie ist meine eigene, und sie ist die Geschichte eines Menschen – nicht eines erfundenen, eines möglichen, eines idealen oder sonstwie nicht vorhandenen, sondern eines wirklichen, einmaligen, lebenden Menschen. Was das ist, ein wirklich lebender Mensch, das weiß man heute allerdings weniger als jemals, und man schießt denn auch die Menschen, deren jeder ein kostbarer, einmaliger Versuch der Natur ist, zu Mengen tot. Wären wir nicht noch mehr als einmalige Menschen, könnte man jeden von uns wirklich mit einer Flintenkugel ganz und gar aus der Welt schaffen, so hätte es keinen Sinn mehr, Geschichten zu erzählen. Jeder Mensch aber ist nicht nur er selber, er ist auch der einmalige, ganz besondere, in jedem Fall wichtige und merkwürdige Punkt, wo die Erscheinungen der Welt sich kreuzen, nur einmal so und nie wieder. Darum ist jedes Menschen Geschichte wichtig, ewig, göttlich, darum ist jeder Mensch solange er irgend lebt und den Willen der Natur erfüllt, wunderbar und jeder Aufmerksamkeit würdig. In jedem ist der Geist Gestalt geworden, in jedem leidet die Kreatur, in jedem wird ein Erlöser gekreuzigt.

Wenige wissen heute, was der Mensch ist. Viele fühlen es und sterben darum leichter, wie ich leichter sterben werde, wenn ich diese Geschichte fertig geschrieben habe.

Einen Wissenden darf ich mich nicht nennen. Ich war ein Suchender und bin es noch, aber ich suche nicht mehr auf den Sternen und in den Büchern, ich beginne die Lehren zu hören, die mein Blut in mir rauscht. Meine Geschichte ist nicht angenehm, sie ist nicht süß und harmonisch wie die erfundenen Geschichten, sie schmeckt nach Unsinn und Verwirrung, nach Wahnsinn und Traum wie das Leben aller Menschen, die sich nicht mehr belügen wollen.

Das Leben jedes Menschen ist ein Weg zu sich selber hin, der Versuch eines Weges, die Andeutung eines Pfades. Kein Mensch ist jemals ganz und gar er selbst gewesen; jeder strebt dennoch, es zu werden, einer dumpf, einer lichter, jeder wie er kann. Jeder trägt Reste von seiner Geburt, Schleim und Eischalen einer Urwelt, bis zum Ende mit sich hin. Mancher wird niemals Mensch, bleibt Frosch, bleibt Eidechse, bleibt Ameise. Mancher ist oben Mensch und unten Fisch. Aber jeder ist ein Wurf der Natur nach dem Menschen hin. Uns allen sind die Herkünfte gemeinsam, die Mütter, wir alle kommen aus demselben Schlunde; aber jeder strebt, ein Versuch und Wurf aus den Tiefen, seinem eigenen Ziele zu. Wir können einander verstehen; aber deuten kann jeder nur sich selbst.

Erstes Kapitel
Zwei Welten

Ich beginne meine Geschichte mit einem Erlebnisse der Zeit, wo ich zehn Jahre alt war und in die Lateinschule unseres Städtchens ging.

Viel duftet mir da entgegen und rührt mich von innen mit Weh und mit wohligen Schauern an, dunkle Gassen und helle Häuser und Türme, Uhrschläge und Menschengesichter, Stuben voll Wohnlichkeit und warmem Behagen, Stuben voll Geheimnis und tiefer Gespensterfurcht. Es riecht nach warmer Enge, nach Kaninchen und Dienstmägden, nach Hausmitteln und getrocknetem Obst. Zwei Welten liefen dort durcheinander, von zwei Polen her kamen Tag und Nacht.

Die eine Welt war das Vaterhaus, aber sie war sogar noch enger, sie umfaßte eigentlich nur meine Eltern. Diese Welt war mir großenteils wohlbekannt, sie hieß Mutter und Vater, sie hieß Liebe und Strenge, Vorbild und Schule. Zu dieser Welt gehörte milder Glanz, Klarheit und Sauberkeit, hier waren sanfte freundliche Reden, gewaschene Hände, reine Kleider, gute Sitten daheim. Hier wurde der Morgenchoral gesungen, hier wurde Weihnacht gefeiert. In dieser Welt gab es gerade Linien und Wege, die in die Zukunft führten, es gab Pflicht und Schuld, schlechtes Gewissen und Beichte, Verzeihung und gute Vorsätze, Liebe und Verehrung, Bibelwort und Weisheit. Zu dieser Welt mußte man sich halten, damit das Leben klar und reinlich, schön und geordnet sei.

Die andere Welt indessen begann schon mitten in unserem eigenen Hause und war völlig anders, roch anders, sprach anders, versprach und forderte anderes. In dieser zweiten Welt gab es Dienstmägde und Handwerksburschen, Geistergeschichten und Skandalgerüchte, es gab da eine bunte Flut von ungeheuren, lockenden furchtbaren, rätselhaften Dingen, Sachen wie Schlachthaus und Gefängnis, Betrunkene und keifende Weiber, gebärende Kühe, gestürzte Pferde, Erzählungen von Einbrüchen, Totschlägen, Selbstmorden. Alle diese schönen und grauenhaften, wilden und grausamen Sachen gab es ringsum, in der nächsten Gasse, im nächsten Haus, Polizeidiener und Landstreicher liefen herum, Betrunkene schlugen ihre Weiber, Knäuel von jungen Mädchen quollen abends aus den Fabriken, alte Frauen konnten einen bezaubern und krank machen, Räuber wohnten im Wald, Brandstifter wurden von Landjägern gefangen – überall quoll und duftete diese zweite, heftige Welt, überall, nur nicht in unsern Zimmern, wo Mutter und Vater waren. Und das war sehr gut. Es war wunderbar, daß es hier bei uns Frieden, Ordnung und Ruhe gab, Pflicht und gutes Gewissen, Verzeihung und Liebe – und wunderbar, daß es auch alles das andere gab, alles das Laute und Grelle, Düstere und Gewaltsame, dem man doch mit einem Sprung zur Mutter entfliehen konnte.
Und das Seltsamste war, wie die beiden Welten anein-

ander grenzten, wie nah sie beisammen waren! Zum Beispiel unsere Dienstmagd Lina, wenn sie am Abend bei der Andacht in der Wohnstube bei der Türe saß und mit ihrer hellen Stimme das Lied mitsang, die gewaschenen Hände auf die glattgestrichene Schürze gelegt, dann gehörte sie ganz zu Vater und Mutter, zu uns, ins Helle und Richtige. Gleich darauf in der Küche oder im Holzstall, wenn sie mir die Geschichte vom Männlein ohne Kopf erzählte, oder wenn sie beim Metzger im kleinen Laden mit den Nachbarweibern Streit hatte, dann war sie eine andere, gehörte zur andern Welt, war von Geheimnis umgeben. Und so war es mit allem, am meisten mit mir selber. Gewiß, ich gehörte zur hellen und richtigen Welt, ich war meiner Eltern Kind, aber wohin ich Auge und Ohr richtete, überall war das andere da, und ich lebte auch im andern, obwohl es mir oft fremd und unheimlich war, obwohl man dort regelmäßig ein schlechtes Gewissen und Angst bekam. Ich lebte sogar zuzeiten am allerliebsten in der verbotenen Welt, und oft war die Heimkehr ins Helle – so notwendig und gut sie sein mochte – fast wie eine Rückkehr ins weniger Schöne, ins Langweiligere und Ödere. Manchmal wußte ich: mein Ziel im Leben war, so wie mein Vater und meine Mutter zu werden, so hell und rein, so überlegen und geordnet; aber bis dahin war der Weg weit, bis dahin mußte man Schulen absitzen und studieren und Proben und Prüfungen ablegen, und der Weg führte immerzu an der anderen, dunkleren Welt vorbei, durch sie hindurch, und es war gar nicht unmöglich, daß man bei ihr blieb und in ihr versank. Es gab Geschichten von verlorenen Söhnen, denen es so gegangen war, ich hatte sie mit Leidenschaft gelesen. Da war stets die Heimkehr zum Vater und zum Guten so erlösend und großartig, ich empfand durchaus, daß dies allein das Richtige, Gute und Wünschenswerte sei, und dennoch war der Teil der Geschichte, der unter den Bösen und Verlorenen spielte, weitaus der lockendere, und wenn man es hätte sagen und gestehen dürfen, war es eigentlich manchmal geradezu schade, daß der Verlorene Buße tat und wieder gefunden wurde. Aber das sagte man nicht und dachte es auch nicht. Es war nur irgendwie vorhanden, als eine Ahnung und Möglichkeit, ganz unten im Gefühl. Wenn ich mir den Teufel vorstellte, so konnte ich ihn mir ganz gut auf der Straße unten denken, verkleidet oder offen, oder auf dem Jahrmarkt, oder in einem Wirtshaus, aber niemals bei uns daheim.

Meine Schwestern gehörten ebenfalls zur hellen Welt. Sie waren, wie mir oft schien, im Wesen näher bei Vater und Mutter, sie waren besser, gesitteter, fehlerloser als ich. Sie hatten Mängel, sie hatten Unarten, aber mir schien, das ging nicht sehr tief, das war nicht wie bei mir, wo die Berührung mit dem Bösen oft so schwer und peinigend wurde, wo die dunkle Welt viel näher stand. Die Schwestern waren, gleich den Eltern, zu schonen und zu achten, und wenn man mit ihnen Streit gehabt hatte, war man nachher vor dem eigenen Gewissen immer der Schlechte, der Anstifter, der, der um Verzeihung bitten mußte. Denn in den Schwestern beleidigte man die Eltern, das Gute und Gebietende. Es gab Geheimnisse, die ich mit den verworfensten Gassenbuben weit eher teilen konnte als mit meinen Schwestern. An guten Tagen, wenn es licht war und das Gewissen in Ordnung, da war es oft köstlich, mit den Schwestern zu spielen, gut und artig mit ihnen zu sein und sich selbst in einem braven, edlen Schein zu sehen. So mußte es sein, wenn man ein Engel war! Das war das Höchste, was wir wußten, und wir dachten es uns süß und wunderbar, Engel zu sein, umgeben von einem lichten Klang und Duft wie Weihnacht und Glück. O wie selten gelangen solche Stunden und Tage! Oft war ich beim Spiel, bei guten, harmlosen, erlaubten Spielen, von einer Leidenschaft und Heftigkeit, die den Schwestern zu viel wurde, die zu Streit und Unglück führte, und wenn dann der Zorn über mich kam, war ich schrecklich und tat und sagte Dinge, deren Verworfenheit ich, noch während ich sie tat und sagte, tief und brennend empfand. Dann kamen arge, finstere Stunden der Reue und Zerknirschung, und dann der wehe Augenblick, wo ich um Verzeihung bat, und dann wieder ein Strahl der Helle, ein stilles, dankbares Glück ohne Zwiespalt, für Stunden oder Augenblicke.

Ich ging in die Lateinschule, der Sohn des Bürgermeisters und des Oberförsters waren in meiner Klasse und kamen zuweilen zu mir, wilde Buben und dennoch Angehörige der guten, erlaubten Welt. Trotzdem hatte ich nahe Beziehungen zu Nachbarsknaben, Schülern der Volksschule, die wir sonst verachteten. Mit einem von ihnen muß ich meine Erzählung beginnen.

An einem freien Nachmittag – ich war wenig mehr als zehn Jahre alt – trieb ich mich mit zwei Knaben aus der Nachbarschaft herum. Da kam ein größerer dazu, ein kräftiger und roher Junge von etwa dreizehn Jahren, ein Volksschüler, der Sohn eines Schneiders. Sein Vater war ein Trinker und die ganze Familie stand in schlechtem Ruf. Franz Kromer war mir wohl bekannt, ich hatte Furcht vor ihm, und es gefiel mir nicht, als er jetzt zu uns stieß. Er hatte schon männliche Manieren und ahmte den Gang und die Redensarten der jungen Fabrikburschen nach. Unter seiner Anführung stiegen wir neben der Brücke ans Ufer hinab und verbargen uns vor der Welt unterm ersten Brückenbogen. Das schmale Ufer zwischen der gewölbten Brückenwand und dem träg fließenden Wasser bestand aus lauter Abfällen, aus Scherben und Gerümpel, wirren Bündeln von verrostetem Eisendraht und anderem Kehricht. Man fand dort zuweilen brauchbare Sachen; wir mußten unter Franz Kromers Führung die Strecke absuchen und ihm zeigen, was wir fanden. Dann steckte er es entweder zu sich oder warf es ins Wasser hinaus. Er hieß uns darauf achten, ob Sachen aus Blei, Messing oder Zinn darunter wären, die steckte er alle zu sich, auch einen alten Kamm aus Horn. Ich fühlte mich in seiner Gesellschaft sehr beklommen, nicht weil ich wußte, daß mein Vater mir diesen Umgang verbieten würde, wenn er davon wüßte, sondern aus Angst vor Franz selber. Ich war froh, daß er mich nahm und behandelte wie die andern. Er befahl, und wir gehorchten, es war, als sei das ein alter Brauch, obwohl ich das erstemal mit ihm zusammen war.

Schließlich setzten wir uns an den Boden, Franz spuckte ins Wasser und sah aus wie ein Mann; er spuckte durch eine Zahnlücke und traf, wohin er wollte. Es begann ein Gespräch, und die Knaben kamen ins Rühmen und Großtun mit allerlei Schülerheldentaten und bösen Streichen. Ich schwieg und fürchtete doch, gerade durch mein Schweigen aufzufallen und den Zorn des Kromer auf mich zu lenken. Meine beiden Kameraden waren von Anfang an von mir abgerückt und hatten sich zu ihm bekannt, ich war ein Fremdling unter ihnen und fühlte, daß meine Kleidung und Art für sie herausfordernd sei. Als Lateinschüler und Herrensöhnchen konnte Franz mich unmöglich lieben, und die beiden andern, das fühlte ich wohl, würden mich, sobald es darauf ankäme, verleugnen und im Stich lassen.

Endlich begann ich aus lauter Angst auch zu erzählen. Ich erfand eine große Räubergeschichte, zu deren Helden ich mich machte. In einem Garten bei der Eckmühle, erzählte ich, hätte ich mit einem Kameraden bei Nacht einen ganzen Sack voll Äpfel gestohlen, und nicht etwa gewöhnliche, sondern lauter Reinetten und Goldparmänen, die besten Sorten. Aus den Gefahren des Augenblicks flüchtete ich mich in diese Geschichte, das Erfinden und Erzählen war mir geläufig. Um nur nicht gleich wieder aufzuhören und vielleicht in Schlimmeres verwickelt zu werden, ließ ich meine ganze Kunst glänzen. Einer von uns, erzählte ich, hatte immer Schildwache stehen müssen, während der andre im Baum war und die Äpfel herunterwarf, und der Sack sei so schwer gewesen, daß wir ihn zuletzt wieder öffnen und die Hälfte zurücklassen mußten, aber wir kamen nach einer halben Stunde wieder und holten auch sie noch.

Als ich fertig war, hoffte ich auf einigen Beifall, ich

war zuletzt warm geworden und hatte mich am Fabulieren berauscht. Die beiden Kleinern schwiegen abwartend, Franz Kromer aber sah mich aus halb zugekniffenen Augen durchdringend an und fragte mit drohender Stimme: »Ist das wahr?«

»Jawohl«, sagte ich.

»Also wirklich und wahrhaftig?«

»Ja, wirklich und wahrhaftig«, beteuerte ich trotzig, während ich innerlich vor Angst erstickte.

»Kannst du schwören?«

Ich erschrak sehr, aber ich sagte sofort ja.

»Also sag: Bei Gott und Seligkeit!«

Ich sagte: »Bei Gott und Seligkeit.«

»Na ja«, meinte er dann und wandte sich ab.

Ich dachte, damit sei es gut, und war froh, als er sich bald erhob und den Rückweg einschlug. Als wir auf der Brücke waren, sagte ich schüchtern, ich müsse jetzt nach Hause.

»Das wird nicht so pressieren«, lachte Franz, »wir haben ja den gleichen Weg.«

Langsam schlenderte er weiter, und ich wagte nicht auszureißen, aber er ging wirklich den Weg gegen unser Haus. Als wir dort waren, als ich unsre Haustür sah und den dicken messingenen Drücker, die Sonne in den Fenstern und die Vorhänge im Zimmer meiner Mutter, da atmete ich tief auf. O Heimkehr! O gute, gesegnete Rückkunft nach Hause, ins Helle, in den Frieden!

Als ich schnell die Tür geöffnet hatte und hineinschlüpfte, bereit, sie hinter mir zuzuschlagen, da drängte Franz Kromer sich mit hinein. Im kühlen, düsteren Fliesengang, der nur vom Hof her Licht bekam,

stand er bei mir, hielt mich am Arm und sagte leise:
»Nicht so pressieren, du!«
Erschrocken sah ich ihn an. Sein Griff um meinen
Arm war fest wie Eisen. Ich überlegte, was er im Sinn
haben könnte und ob er mich etwa mißhandeln wolle.
Wenn ich jetzt schreien würde, dachte ich, laut und
heftig schreien, ob dann wohl schnell genug jemand
von droben dasein würde, um mich zu retten? Aber
ich gab es auf.
»Was ist?« fragte ich, »was willst du?«
»Nicht viel. Ich muß dich bloß noch etwas fragen. Die
andern brauchen das nicht zu hören.«
»So? Ja, was soll ich dir noch sagen? Ich muß hinauf,
weißt du.«
»Du weißt doch«, sagte Franz leise, »wem der Obst-
garten bei der Eckmühle gehört?«
»Nein, ich weiß nicht. Ich glaube, dem Müller.«
Franz hatte den Arm um mich geschlungen und zog
mich nun ganz dicht zu sich heran, daß ich ihm aus
nächster Nähe ins Gesicht sehen mußte. Seine Augen
waren böse, er lächelte schlimm, und sein Gesicht war
voll Grausamkeit und Macht.
»Ja, mein Junge, ich kann dir schon sagen, wem der
Garten gehört. Ich weiß schon lang, daß die Äpfel gestohlen sind, und ich weiß auch, daß der Mann gesagt
hat, er gebe jedem zwei Mark, der ihm sagen kann,
wer das Obst gestohlen hat.«
»Lieber Gott!« rief ich. »Aber du wirst ihm doch
nichts sagen?«
Ich fühlte, daß es unnütz sein würde, mich an sein
Ehrgefühl zu wenden. Er war aus der andern Welt, für
ihn war Verrat kein Verbrechen. Ich fühlte das genau.

In diesen Sachen waren die Leute aus der »anderen« Welt nicht wie wir.

»Nichts sagen?« lachte Kromer. »Lieber Freund, meinst du denn, ich sei ein Falschmünzer, daß ich mir selber Zweimarkstücke machen kann? Ich bin ein armer Kerl, ich habe keinen reichen Vater wie du, und wenn ich zwei Mark verdienen kann, muß ich sie verdienen. Vielleicht gibt er sogar mehr.«

Er ließ mich plötzlich wieder los. Unser Hausflur roch nicht mehr nach Frieden und Sicherheit, die Welt brach um mich zusammen. Er würde mich anzeigen, ich war ein Verbrecher, man würde es dem Vater sagen, vielleicht würde sogar die Polizei kommen. Alle Schrecken des Chaos drohten mir, alles Häßliche und Gefährliche war gegen mich aufgeboten. Daß ich gar nicht gestohlen hatte, war ganz ohne Belang. Ich hatte außerdem geschworen. Mein Gott, mein Gott!

Tränen stiegen mir auf. Ich fühlte, daß ich mich loskaufen müsse, und griff verzweifelt in alle meine Taschen. Kein Apfel, kein Taschenmesser, gar nichts war da. Da fiel meine Uhr mir ein. Es war eine alte Silberuhr, und sie ging nicht, ich trug sie »nur so«. Sie stammte von unsrer Großmutter. Schnell zog ich sie heraus.

»Kromer«, sagte ich, »hör, du mußt mich nicht angeben, das wäre nicht schön von dir. Ich will dir meine Uhr schenken, sieh da; ich habe leider sonst gar nichts. Du kannst sie haben, sie ist aus Silber, und das Werk ist gut, sie hat nur einen kleinen Fehler, man muß sie reparieren.«

Er lächelte und nahm die Uhr in seine große Hand. Ich sah auf diese Hand und fühlte, wie roh und tief feindlich sie mir war, wie sie nach meinem Leben und Frieden griff.

»Sie ist aus Silber —« sagte ich schüchtern.

»Ich pfeife auf dein Silber und auf deine alte Uhr da!« sagte er mit tiefer Verachtung. »Laß du sie nur selber reparieren!«

»Aber Franz«, rief ich zitternd vor Angst, er möchte weglaufen. »Warte doch ein wenig! Nimm doch die Uhr! Sie ist wirklich aus Silber, wirklich und wahr. Und ich habe ja nichts anderes.«

Er sah mich kühl und verächtlich an.

»Also du weißt, zu wem ich gehe. Oder ich kann es auch der Polizei sagen, den Wachtmeister kenne ich gut.«

Er wandte sich zum Gehen. Ich hielt ihn am Ärmel zurück. Es durfte nicht sein. Ich wäre viel lieber gestorben, als alles das zu ertragen, was kommen würde, wenn er so fortginge.

»Franz«, flehte ich heiser vor Erregung, »mach doch keine dummen Sachen! Gelt, es ist bloß ein Spaß?«

»Jawohl, ein Spaß, aber für dich kann er teuer werden.«

»Sag mir doch, Franz, was ich tun soll! Ich will ja alles tun!«

Er musterte mich mit seinen eingekniffenen Augen und lachte wieder.

»Sei doch nicht dumm!« sagte er mit falscher Gutmütigkeit. »Du weißt ja so gut Bescheid wie ich. Ich kann zwei Mark verdienen, und ich bin kein reicher Mann, daß ich die wegwerfen kann, das weißt du. Du bist aber reich, du hast sogar eine Uhr. Du brauchst mir bloß die zwei Mark zu geben, dann ist alles gut.«

Ich begriff die Logik. Aber zwei Mark! Das war für mich so viel und unerreichbar wie zehn, wie hundert, wie tausend Mark. Ich hatte kein Geld. Es gab ein Sparkästlein, das bei meiner Mutter stand, da waren von Onkelbesuchen und solchen Anlässen her ein paar Zehn- und Fünfpfennigstücke drin. Sonst hatte ich nichts. Taschengeld bekam ich in jenem Alter noch keines.

»Ich habe nichts«, sagte ich traurig. »Ich habe gar kein Geld. Aber sonst will ich dir alles geben. Ich habe ein Indianerbuch, und Soldaten, und einen Kompaß. Ich will ihn dir holen.«

Kromer zuckte nur mit dem kühnen, bösen Mund und spuckte auf den Boden.

»Mach kein Geschwätz!« sagte er befehlend. »Deinen Lumpenkram kannst du behalten. Einen Kompaß! Mach mich jetzt nicht noch bös, hörst du, und gib das Geld her!«

»Aber ich habe keins, ich kriege nie Geld. Ich kann doch nichts dafür!«

»Also dann bringst du mir morgen die zwei Mark. Ich warte nach der Schule unten am Markt. Damit fertig. Wenn du kein Geld bringst, wirst du ja sehen!«

»Ja, aber woher soll ich's denn nehmen? Herrgott, wenn ich doch keins habe –«

»Es ist Geld genug bei euch im Haus. Das ist deine Sache. Also morgen nach der Schule. Und ich sage dir: wenn du es nicht bringst –« Er schoß mir einen furchtbaren Blick ins Auge, spuckte nochmals aus und war wie ein Schatten verschwunden.

Ich konnte nicht hinaufgehen. Mein Leben war zerstört. Ich dachte daran, fortzulaufen und nie mehr wiederzukommen oder mich zu ertränken. Doch waren das keine deutlichen Bilder. Ich setzte mich im Dunkel auf die unterste Stufe unsrer Haustreppe, kroch eng in mich zusammen und gab mich dem Unglück hin. Dort fand Lina mich weinend, als sie mit einem Korb herunterkam, um Holz zu holen.

Ich bat sie, droben nichts zu sagen, und ging hinauf. Am Rechen neben der Glastüre hing der Hut meines Vaters und der Sonnenschirm meiner Mutter, Heimat und Zärtlichkeit strömte mir von allen diesen Dingen entgegen, mein Herz begrüßte sie flehend und dankbar, wie der verlorene Sohn den Anblick und Geruch der alten heimatlichen Stuben. Aber das alles gehörte mir jetzt nicht mehr, das alles war lichte Vater- und Mutterwelt, und ich war tief und schuldvoll in die fremde Flut versunken, in Abenteuer und Sünde verstrickt, vom Feind bedroht und von Gefahren, Angst und Schande erwartet. Der Hut und Sonnenschirm, der gute alte Sandsteinboden, das große Bild überm Flurschrank, und drinnen aus dem Wohnzimmer her die Stimme meiner älteren Schwester, das alles war lieber, zarter und köstlicher als je, aber es war nicht Trost mehr und sicheres Gut, es war lauter Vorwurf. Dies alles war nicht mehr mein, ich konnte an seiner Heiterkeit und Stille nicht teilhaben. Ich trug Schmutz an meinen Füßen, den ich nicht an der Matte abstreifen konnte, ich brachte Schatten mit mir, von denen die Heimatwelt nichts wußte. Wieviel Geheimnisse hatte ich schon gehabt, wieviel Bangigkeit, aber es war alles Spiel und Spaß gewesen gegen das, was ich heut mit mir in diese Räume brachte. Schicksal lief mir nach, Hände waren nach mir ausgestreckt, vor denen auch die Mutter mich nicht schützen konnte, von denen sie nicht wissen durfte. Ob nun mein Verbrechen ein Diebstahl war oder eine Lüge (hatte ich nicht einen falschen Eid bei Gott und Seligkeit geschworen?) – das war einerlei. Meine Sünde war nicht dies oder das, meine Sünde war, daß ich dem Teufel die Hand gegeben hatte. Warum war ich mitgegangen? Warum hatte ich dem Kromer gehorcht, besser als je meinem Vater? Warum hatte ich die Geschichte von jenem Diebstahl erlogen? Mich mit Verbrechen gebrüstet, als wären es Heldentaten? Nun hielt der Teufel meine Hand, nun war der Feind hinter mir her.

Für einen Augenblick empfand ich nicht mehr Furcht vor morgen, sondern vor allem die schreckliche Gewißheit, daß mein Weg jetzt immer weiter bergab und ins Finstere führe. Ich spürte deutlich, daß aus meinem Vergehen neue Vergehen folgen mußten, daß mein Erscheinen bei den Geschwistern, mein Gruß und Kuß an die Eltern Lüge war, daß ich ein Schicksal und Geheimnis mit mir trug, das ich innen verbarg.

Einen Augenblick blitzte Vertrauen und Hoffnung in mir auf, da ich den Hut meines Vaters betrachtete. Ich würde ihm alles sagen, würde sein Urteil und seine Strafe auf mich nehmen und ihn zu meinem Mitwisser und Retter machen. Es würde nur eine Buße sein, wie ich sie oft bestanden hatte, eine schwere, bittere Stunde, eine schwere und reuevolle Bitte um Verzeihung.

Wie süß das klang! Wie schön das lockte! Aber es war nichts damit. Ich wußte, daß ich es nicht tun würde. ich wußte, daß ich jetzt ein Geheimnis hatte, eine

Schuld, die ich allein und selber ausfressen mußte. Vielleicht war ich gerade jetzt auf dem Scheidewege, vielleicht würde ich von dieser Stunde an für immer und immer dem Schlechten angehören, Geheimnisse mit Bösen teilen, von ihnen abhängen, ihnen gehorchen, ihresgleichen werden müssen. Ich hatte den Mann und Helden gespielt, jetzt mußte ich tragen, was daraus folgte.

Es war mir lieb, daß mein Vater sich, als ich eintrat, über meine nassen Schuhe aufhielt. Es lenkte ab, er bemerkte das Schlimmere nicht, und ich durfte einen Vorwurf ertragen, den ich heimlich mit auf das andere bezog. Dabei funkelte ein sonderbar neues Gefühl in mir auf, ein böses und schneidendes Gefühl voll Widerhaken: ich fühlte mich meinem Vater überlegen! Ich fühlte, einen Augenblick lang, eine gewisse Verachtung für seine Unwissenheit, sein Schelten über die nassen Stiefel schien mir kleinlich. » Wenn du wüßtest!« dachte ich und kam mir vor wie ein Verbrecher, den man wegen einer gestohlenen Semmel verhört, während er Morde zu gestehen hätte. Es war ein häßliches und widriges Gefühl, aber es war stark und hatte einen tiefen Reiz, und es kettete mich fester als jeder andere Gedanke an mein Geheimnis und meine Schuld. Vielleicht, dachte ich, ist der Kromer jetzt schon zur Polizei gegangen und hat mich angegeben, und Gewitter ziehen sich über mir zusammen, während man mich hier wie ein kleines Kind betrachtet!

Von diesem ganzen Erlebnis, soweit es bis hier erzählt ist, war dieser Augenblick das Wichtige und Bleibende. Es war ein erster Riß in die Heiligkeit des Vaters, es war ein erster Schnitt in die Pfeiler, auf denen mein Kinderleben geruht hatte, und die jeder Mensch, ehe er er selbst werden kann, zerstört haben muß. Aus diesen Erlebnissen, die niemand sieht, besteht die innere, wesentliche Linie unsres Schicksals. Solch ein Schnitt und Riß wächst wieder zu, er wird verheilt und vergessen, in der geheimsten Kammer aber lebt und blutet er weiter.

Mir selbst graute sofort vor dem neuen Gefühl, ich hätte meinem Vater gleich darauf die Füße küssen mögen, um es ihm abzubitten. Man kann aber nichts Wesentliches abbitten, und das fühlt und weiß ein Kind so gut und tief wie jeder Weise.

Ich fühlte die Notwendigkeit, über meine Sache nachzudenken, auf Wege für morgen zu sinnen; aber ich kam nicht dazu. Ich hatte den ganzen Abend einzig damit zu tun, mich an die veränderte Luft in unsrem Wohnzimmer zu gewöhnen. Wanduhr und Tisch, Bibel und Spiegel, Bücherbord und Bilder an der Wand nahmen gleichsam Abschied von mir, ich mußte mit erfrierendem Herzen zusehen, wie meine Welt, wie mein gutes, glückliches Leben Vergangenheit wurde und sich von mir ablöste, und mußte spüren, wie ich mit neuen, saugenden Wurzeln draußen im Finstern und Fremden verankert und festgehalten war. Zum erstenmal kostete ich den Tod, und der Tod schmeckt bitter, denn er ist Geburt, ist Angst und Bangnis vor furchtbarer Neuerung.

Ich war froh, als ich endlich in meinem Bette lag! Zuvor als letztes Fegefeuer war die Abendandacht über mich ergangen, und wir hatten dazu ein Lied gesungen, das zu meinen liebsten gehörte. Ach, ich sang nicht mit, und jeder Ton war Galle und Gift für mich.

Ich betete nicht mit, als mein Vater den Segen sprach, und als er endete: »– sei mit uns allen!«, da riß eine Zuckung mich aus diesem Kreise fort. Die Gnade Gottes war mit ihnen allen, aber nicht mehr mit mir. Kalt und tief ermüdet ging ich weg.

Im Bett, als ich eine Weile gelegen war, als Wärme und Geborgenheit mich liebevoll umgab, irrte mein Herz in der Angst noch einmal zurück, flatterte bang um das Vergangene. Meine Mutter hatte mir wie immer gute Nacht gesagt, ihr Schritt klang noch im Zimmer nach, der Schein ihrer Kerze glühte noch im Türspalt. Jetzt, dachte ich, jetzt kommt sie noch einmal zurück – sie hat es gefühlt, sie gibt mir einen Kuß und fragt, fragt gütig und verheißungsvoll, und dann kann ich weinen, dann schmilzt mir der Stein im Halse, dann umschlinge ich sie und sage es ihr, und dann ist es gut, dann ist Rettung da! Und als der Türspalt schon dunkel geworden war, horchte ich noch eine Weile und meinte, es müsse und müsse geschehen.

Dann kehrte ich zu den Dingen zurück und sah meinem Feind ins Auge. Ich sah ihn deutlich, das eine Auge hatte er eingekniffen, sein Mund lachte roh, und indem ich ihn ansah und das Unentrinnbare in mich fraß, wurde er größer und häßlicher, und sein böses Auge blitzte teuflhaft. Er war dicht bei mir, bis ich einschlief, dann aber träumte ich nicht von ihm und nicht von heute, sondern mir träumte, wir führen in einem Boot, die Eltern und Schwestern und ich, und es umgab uns lauter Friede und Glanz eines Ferientages. Mitten in der Nacht erwachte ich, fühlte noch den Nachgeschmack der Seligkeit, sah noch die weißen Sommerkleider meiner Schwestern in der Sonne schimmern und fiel aus allem Paradies zurück in das, was war, und stand dem Feind mit dem bösen Auge wieder gegenüber.

Am Morgen, als meine Mutter eilig kam und rief, es sei schon spät und warum ich noch im Bett liege, sah ich schlecht aus, und als sie fragte, ob mir etwas fehle, erbrach ich mich.

Damit schien etwas gewonnen. Ich liebte es sehr, ein wenig krank zu sein und einen Morgen lang bei Kamillentee liegenbleiben zu dürfen, zuzuhören, wie die Mutter im Nebenzimmer aufräumte, und wie Lina draußen in der Flur den Metzger empfing. Der Vormittag ohne Schule war etwas Verzaubertes und Märchenhaftes, die Sonne spielte dann ins Zimmer und war nicht dieselbe Sonne, gegen die man in der Schule die grünen Vorhänge herabließ. Aber auch das schmeckte heute nicht und hatte einen falschen Klang bekommen.

Ja, wenn ich gestorben wäre! Aber ich war nur so ein wenig unwohl, wie schon oft, und damit war nichts getan. Das schützte mich vor der Schule, aber es schützte mich keineswegs vor Kromer, der um elf Uhr am Markt auf mich wartete. Und die Freundlichkeit der Mutter war diesmal ohne Trost; sie war lästig und tat weh. Ich stellte mich bald wieder schlafend und dachte nach. Es half alles nichts, ich mußte um elf Uhr am Markt sein. Darum stand ich um zehn Uhr leise auf und sagte, daß mir wieder wohl geworden sei. Es hieß, wie gewöhnlich in solchen Fällen, daß ich entweder wieder zu Bette gehen oder am Nachmittag in die Schule gehen müsse. Ich sagte, daß ich gern zur

Schule gehe. Ich hatte mir einen Plan gemacht.

Ohne Geld durfte ich nicht zu Kromer kommen. Ich mußte die kleine Sparbüchse an mich bekommen, die mir gehörte. Es war nicht genug Geld darin, das wußte ich, lange nicht genug; aber etwas war es doch, und eine Witterung sagte mir, daß etwas besser sei als nichts und Kromer wenigstens begütigt werden müsse.

Es war mir schlimm zumute, als ich auf Socken in das Zimmer meiner Mutter schlich und aus ihrem Schreibtisch meine Büchse nahm; aber so schlimm wie das Gestrige war es nicht. Das Herzklopfen würgte mich, und es wurde nicht besser, als ich drunten im Treppenhaus beim ersten Untersuchen fand, daß die Büchse verschlossen war. Es ging sehr leicht, sie aufzubrechen, es war nur ein dünnes Blechgitter zu durchreißen; aber der Riß tat weh, erst damit hatte ich Diebstahl begangen. Bis dahin hatte ich nur genascht, Zuckerstücke und Obst. Dies nun war gestohlen, obwohl es mein eigenes Geld war. Ich spürte, wie ich wieder einen Schritt näher bei Kromer und seiner Welt war, wie es so hübsch Zug um Zug abwärts ging, und setzte Trotz dagegen. Mochte mich der Teufel holen, jetzt ging kein Weg mehr zurück. Ich zählte das Geld mit Angst, es hatte in der Büchse so voll geklungen, nun in der Hand war es elend wenig. Es waren fünfundsechzig Pfennige. Ich versteckte die Büchse in der untern Flur, hielt das Geld in der geschlossenen Hand und trat aus dem Hause, anders als ich je durch dieses Tor gegangen war. Oben rief jemand nach mir, wie mir schien; ich ging schnell davon.

Es war noch viel Zeit, ich drückte mich auf Umwegen durch die Gassen einer veränderten Stadt, unter niegesehenen Wolken hin, an Häusern vorbei, die mich ansahen, und an Menschen, die Verdacht auf mich hatten. Unterwegs fiel mir ein, daß ein Schulkamerad von mir einmal auf dem Viehmarkt einen Taler gefunden hatte. Gern hätte ich gebetet, daß Gott ein Wunder tun und mich auch einen solchen Fund machen lassen möge. Aber ich hatte kein Recht mehr zu beten. Und auch dann wäre die Büchse nicht wieder ganz geworden.

Franz Kromer sah mich von weitem, doch kam er ganz langsam auf mich zu und schien nicht auf mich zu achten. Als er in meiner Nähe war, gab er mir einen befehlenden Wink, daß ich ihm folgen solle, und ging, ohne sich ein einziges Mal umzusehen, ruhig weiter, die Strohgasse hinab und über den Steg, bis er bei den letzten Häusern vor einem Neubau hielt. Es wurde dort nicht gearbeitet, die Mauern standen kahl ohne Türen und Fenster. Kromer sah sich um und ging durch die Tür hinein, ich ihm nach. Er trat hinter die Mauer, winkte mich zu sich und streckte die Hand aus.

»Hast du's?« fragte er kühl.

Ich zog die geballte Hand aus der Tasche und schüttete mein Geld in seine flache Hand. Er hatte es gezählt, noch eh der letzte Fünfer ausgeklungen hatte.

»Das sind fünfundsechzig Pfennig«, sagte er und sah mich an.

»Ja«, sagte ich schüchtern. »Das ist alles, was ich habe, es ist zu wenig, ich weiß wohl. Aber es ist alles. Ich habe nicht mehr.«

»Ich hätte dich für gescheiter gehalten«, schalt er mit einem beinah milden Tadel. »Unter Ehrenmännern soll Ordnung sein. Ich will dir nichts abnehmen, was nicht recht ist, das weißt du. Nimm deine Nickel wieder, da! Der andere – du weißt, wer – versucht nicht, mich herunter zu handeln. Der zahlt.«

»Aber ich habe und habe nicht mehr! Es war meine Sparkasse.«

»Das ist deine Sache. Aber ich will dich nicht unglücklich machen. Du bist mir noch eine Mark und fünfunddreißig Pfennig schuldig. Wann krieg ich die?»

»Oh, du kriegst sie gewiß, Kromer! Ich weiß jetzt nicht – vielleicht habe ich bald mehr, morgen oder übermorgen. Du begreifst doch, daß ich es meinem Vater nicht sagen kann.«

»Das geht mich nichts an. Ich bin nicht so, daß ich dir schaden will. Ich könnte ja mein Geld noch vor Mittag haben, siehst du, und ich bin arm. Du hast schöne Kleider an, und du kriegst was Besseres zu Mittag zu essen als ich. Aber ich will nichts sagen. Ich will meinetwegen ein wenig warten. Übermorgen pfeife ich dir, am Nachmittag, dann bringst du es in Ordnung. Du kennst meinen Pfiff?«

Er pfiff ihn mir vor, ich hatte ihn oft gehört.

»Ja«, sagte ich, »ich weiß.«

Er ging weg, als gehörte ich nicht zu ihm. Es war ein Geschäft zwischen uns gewesen, weiter nichts.

Noch heute, glaube ich, würde Kromers Pfiff mich erschrecken machen, wenn ich ihn plötzlich wieder hörte. Ich hörte ihn von nun an oft, mir schien, ich höre ihn immer und immerzu. Kein Ort, kein Spiel, keine Arbeit, kein Gedanke, wohin dieser Pfiff nicht drang, der mich abhängig machte, der jetzt mein Schicksal war. Oft war ich in unsrem kleinen Blumengarten, den ich sehr liebte, an den sanften, farbigen Herbstnachmittagen, und ein sonderbarer Trieb hieß mich, Knabenspiele früherer Epochen wieder aufzunehmen; ich spielte gewissermaßen einen Knaben, der jünger war als ich, der noch gut und frei, unschuldig und geborgen war. Aber mitten hinein, immer erwartet und immer doch entsetzlich aufstörend und überraschend, klang der Kromersche Pfiff von irgendwoher, schnitt den Faden ab, zerstörte die Einbildungen. Dann mußte ich gehen, mußte meinem Peiniger an schlechte und häßliche Orte folgen, mußte ihm Rechenschaft ablegen und mich um Geld mahnen lassen. Das Ganze hat vielleicht einige Wochen gedauert, mir schien es aber, es seien Jahre, es sei eine Ewigkeit. Selten hatte ich Geld, einen Fünfer oder einen Groschen, der vom Küchentisch gestohlen war, wenn Lina den Marktkorb dort stehen ließ. Jedesmal wurde ich von Kromer gescholten und mit Verachtung überhäuft; ich war es, der ihn betrügen und ihm sein gutes Recht vorenthalten wollte, ich war es, der ihn bestahl, ich war es, der ihn unglücklich machte! Nicht oft im Leben ist mir die Not so nah ans Herz gestiegen, nie habe ich größere Hoffnungslosigkeit, größere Abhängigkeit gefühlt.

Die Sparbüchse hatte ich mit Spielmarken gefüllt und wieder an ihren Ort gestellt, niemand fragte danach. Aber auch das konnte jeden Tag über mich hereinbrechen. Noch mehr als vor Kromers rohem Pfiff fürchtete ich mich oft vor der Mutter, wenn sie leise zu mir trat – kam sie nicht, um mich nach der Büchse zu fragen?

Da ich viele Male ohne Geld bei meinem Teufel erschienen war, fing er an, mich auf andere Art zu quälen und zu benutzen. Ich mußte für ihn arbeiten. Er hatte für seinen Vater Ausgänge zu besorgen, ich mußte sie für ihn besorgen. Oder er trug mir auf, etwas Schwieriges zu vollführen, zehn Minuten lang auf einem Bein zu hüpfen, einem Vorübergehenden einen Papierwisch an den Rock zu heften. In Träumen vieler Nächte setzte ich diese Plagen fort und lag im Schweiß des Alpdruckes.

Eine Zeitlang wurde ich krank. Ich erbrach oft und hatte leicht kalt, nachts aber lag ich in Schweiß und Hitze. Meine Mutter fühlte, daß etwas nicht richtig sei, und zeigte mir viel Teilnahme, die mich quälte, weil ich sie nicht mit Vertrauen erwidern konnte.

Einmal brachte sie mir am Abend, als ich schon im Bett war, ein Stückchen Schokolade. Es war ein Anklang an frühere Jahre, wo ich abends, wenn ich brav gewesen war, oft zum Einschlafen solche Trostbissen bekommen hatte. Nun stand sie da und hielt mir das Stückchen Schokolade hin. Mir war so weh, daß ich nur den Kopf schütteln konnte. Sie fragte, was mir fehle, sie streichelte mir das Haar. Ich konnte nur herausstoßen: »Nicht! Nicht! Ich will nichts haben.« Sie legte die Schokolade auf den Nachttisch und ging. Als sie mich andern Tages darüber ausfragen wollte, tat ich, als wüßte ich nichts mehr davon. Einmal brachte sie mir den Doktor, der mich untersuchte und mir kalte Waschungen am Morgen verschrieb.

Mein Zustand zu jener Zeit war eine Art von Irrsinn. Mitten im geordneten Frieden unseres Hauses lebte ich scheu und gepeinigt wie ein Gespenst, hatte nicht teil am Leben der andern, vergaß mich selten für eine Stunde. Gegen meinen Vater, der mich oft gereizt zur Rede stellte, war ich verschlossen und kalt.

Zweites Kapitel
Kain

Die Rettung aus meinen Qualen kam von ganz unerwarteter Seite, und zugleich mit ihr kam etwas Neues in mein Leben, das bis heute fortgewirkt hat.

In unsere Lateinschule war vor kurzem ein neuer Schüler eingetreten. Er war der Sohn einer wohlhabenden Witwe, die in unsere Stadt gezogen war, und er trug einen Trauerflor um den Ärmel. Er ging in eine höhere Klasse als ich und war mehrere Jahre älter, aber auch mir fiel er bald auf, wie allen. Dieser merkwürdige Schüler schien viel älter zu sein, als er aussah, auf niemanden machte er den Eindruck eines Knaben. Zwischen uns kindischen Jungen bewegte er sich fremd und fertig wie ein Mann, vielmehr wie ein Herr. Beliebt war er nicht, er nahm nicht an den Spielen, noch weniger an Raufereien teil, nur sein selbstbewußter und entschiedener Ton gegen die Lehrer gefiel den andern. Er hieß Max Demian.

Eines Tages traf es sich, wie es in unsrer Schule hie und da vorkam, daß aus irgendwelchen Gründen noch eine zweite Klasse in unser sehr großes Schulzimmer gesetzt wurde. Es war die Klasse Demians.

Wir Kleinen hatten biblische Geschichte, die Großen mußten einen Aufsatz machen. Während man uns die Geschichte von Kain und Abel einbleute, sah ich viel zu Demian hinüber, dessen Gesicht mich eigentümlich faszinierte, und sah dies kluge, helle, ungemein feste Gesicht aufmerksam und geistvoll über seine Arbeit gebeugt; er sah gar nicht aus wie ein Schüler, der eine Aufgabe macht, sondern wie ein Forscher, der eigenen Problemen nachgeht. Angenehm war er mir eigentlich nicht, im Gegenteil, ich hatte irgend etwas gegen ihn, er war mir zu überlegen und kühl, er war mir allzu herausfordernd sicher in seinem Wesen, und seine Augen hatten den Ausdruck der Erwachsenen – den die Kinder nie lieben – ein wenig traurig mit Blitzen von Spott darin. Doch mußte ich ihn immerfort ansehen, er mochte mir lieb oder leid sein; kaum aber blickte er einmal auf mich, so zog ich meinen Blick erschrocken zurück. Wenn ich es mir heute überlege, wie er damals als Schüler aussah, so kann ich sagen: er war in jeder Hinsicht anders als alle, war durchaus eigen und persönlich gestempelt, und fiel darum auf – zugleich aber tat er alles, um nicht aufzufallen, trug und benahm sich wie ein verkleideter Prinz, der unter Bauernbuben ist und sich jede Mühe gibt, ihresgleichen zu scheinen.

Auf dem Heimweg von der Schule ging er hinter mir. Als die anderen sich verlaufen hatten, überholte er mich und grüßte. Auch dies Grüßen, obwohl er unsern Schuljungenton dabei nachmachte, war so erwachsen und höflich.

»Gehen wir ein Stück weit zusammen?« fragte er freundlich. Ich war geschmeichelt und nickte. Dann beschrieb ich ihm, wo ich wohne.

»Ah, dort?« sagte er lächelnd. »Das Haus kenne ich schon. Über eurer Haustür ist so ein merkwürdiges Ding angebracht, das hat mich gleich interessiert.«

Ich wußte gar nicht gleich, was er meine, und war erstaunt, daß er unser Haus besser zu kennen schien als ich. Es war wohl als Schlußstein über der Torwölbung eine Art Wappen vorhanden, doch war es im Lauf der Zeiten flach und oftmals mit Farbe überstrichen worden, mit uns und unsrer Familie hatte es, soviel ich wußte, nichts zu tun.

»Ich weiß nichts darüber«, sagte ich schüchtern. »Es ist ein Vogel oder so was Ähnliches, es muß ganz alt sein. Das Haus soll früher einmal zum Kloster gehört haben.«

»Das kann schon sein«, nickte er. »Sieh dir's einmal gut an! Solche Sachen sind oft ganz interessant. Ich glaube, daß es ein Sperber ist.«

Wir gingen weiter, ich war sehr befangen. Plötzlich lachte Demian, als falle ihm etwas Lustiges ein.

»Ja, ich habe ja da eurer Stunde beigewohnt«, sagte er lebhaft. »Die Geschichte von Kain, der das Zeichen auf der Stirn trug, nicht wahr? Gefällt sie dir?«

Nein, gefallen hatte mir selten irgend etwas von all dem, was wir lernen mußten. Ich wagte es aber nicht zu sagen, es war, als rede ein Erwachsener mit mir. Ich sagte, die Geschichte gefalle mir ganz gut.

Demian klopfte mir auf die Schulter.

»Du brauchst mir nichts vorzumachen, Lieber. Aber die Geschichte ist tatsächlich recht merkwürdig, ich glaube, sie ist viel merkwürdiger als die meisten andern, die im Unterricht vorkommen. Der Lehrer hat ja nicht viel darüber gesagt, nur so das Übliche über Gott und die Sünde und so weiter. Aber ich glaube –«, er unterbrach sich, lächelte und fragte: »Interessiert es dich aber?«

»Ja, ich glaube also«, fuhr er fort, »man kann diese Geschichte von Kain auch ganz anders auffassen. Die meisten Sachen, die man uns lehrt, sind gewiß ganz wahr und richtig, aber man kann sie alle auch anders ansehen, als die Lehrer es tun und meistens haben sie dann einen viel besseren Sinn. Mit diesem Kain zum Beispiel und mit dem Zeichen auf seiner Stirn kann man doch nicht recht zufrieden sein, so wie er uns erklärt wird. Findest du nicht auch? Daß einer seinen Bruder im Streit totschlägt, kann ja gewiß passieren, und daß er nachher Angst kriegt und klein beigibt, ist auch möglich. Daß er aber für seine Feigheit extra mit einem Orden ausgezeichnet wird, der ihn schützt und allen andern Angst einjagt, ist doch recht sonderbar.«

»Freilich«, sagte ich interessiert: die Sache begann mich zu fesseln. »Aber wie soll man die Geschichte anders erklären?«

Er schlug mir auf die Schulter.

»Ganz einfach! Das, was vorhanden war und womit die Geschichte ihren Anfang genommen hat, war das Zeichen. Es war da ein Mann, der hatte etwas im Gesicht, was den andern Angst machte. Sie wagten nicht ihn anzurühren, er imponierte ihnen, er und seine Kinder. Vielleicht, oder sicher, war es aber nicht wirklich ein Zeichen auf der Stirn, so wie ein Poststempel, so grob geht es im Leben selten zu. Viel eher war es etwas kaum wahrnehmbares Unheimliches, ein wenig mehr Geist und Kühnheit im Blick, als die Leute gewohnt waren. Dieser Mann hatte Macht, vor diesem Mann scheute man sich. Er hatte ein ›Zeichen‹. Man konnte das erklären, wie man wollte. Und ›man‹ will immer das, was einem bequem ist und recht gibt. Man hatte Furcht vor den Kainskindern, sie hatten ein ›Zeichen‹. Also erklärte man das Zeichen nicht als das, was es war, als eine Auszeichnung, sondern als das Gegenteil. Man sagte, die Kerls mit diesem Zeichen seien unheimlich, und das waren sie auch. Leute mit Mut und Charakter sind den anderen Leuten immer sehr unheimlich. Daß da ein Geschlecht von Furchtlosen und Unheimlichen herumlief, war sehr unbequem, und nun hängte man diesem Geschlecht einen Übernamen und eine Fabel an, um sich an ihm zu rächen, um sich für alle die ausgestandne Furcht ein bißchen schadlos zu halten. – Begreifst du?«

»Ja – das heißt – dann wäre ja Kain also gar nicht böse gewesen? Und die ganze Geschichte in der Bibel wäre eigentlich gar nicht wahr?«

»Ja und nein. So alte, uralte Geschichten sind immer wahr, aber sie sind nicht immer so aufgezeichnet und werden nicht immer so erklärt, wie es richtig wäre. Kurz, ich meine, der Kain war ein famoser Kerl, und bloß, weil man Angst vor ihm hatte, hängte man ihm diese Geschichte an. Die Geschichte war einfach ein Gerücht, so etwas, was die Leute herumschwätzen, und es war insofern ganz wahr, als Kain und seine Kinder ja wirklich eine Art ›Zeichen‹ trugen und anders waren als die meisten Leute.«

Ich war sehr erstaunt.

»Und dann glaubst du, daß auch das mit dem Totschlag gar nicht wahr ist?« fragte ich ergriffen.

»O doch! Sicher ist das wahr. Der Starke hatte einen Schwachen erschlagen. Ob es wirklich sein Bruder war, daran kann man ja zweifeln. Es ist nicht wichtig, schließlich sind alle Menschen Brüder. Also ein Starker hat einen Schwachen totgeschlagen. Vielleicht war es eine Heldentat, vielleicht auch nicht. Jedenfalls aber waren die andern Schwachen jetzt voller Angst, sie beklagten sich sehr, und wenn man sie fragte: ›Warum schlaget ihr ihn nicht einfach auch tot?‹ dann sagten sie nicht: ›Weil wir Feiglinge sind‹, sondern sie sagten: ›Man kann nicht. Er hat ein Zeichen. Gott hat ihn gezeichnet!‹ Etwa so muß der Schwindel entstanden sein. – Na, ich halte dich auf. Adieu denn!«

Er bog in die Altgasse ein und ließ mich allein, verwunderter, als ich je gewesen war. Kaum war er weg, so erschien mir alles, was er gesagt hatte, ganz unglaublich! Kain ein edler Mensch, Abel ein Feigling! Das Kainszeichen eine Auszeichnung! Es war absurd, es war gotteslästerlich und ruchlos. Wo blieb dann der liebe Gott? Hatte der nicht Abels Opfer angenommen, hatte der nicht Abel lieb? – Nein, dummes Zeug! Und ich vermutete, Demian habe sich über mich lustig machen und mich aufs Glatteis locken wollen. Ein verflucht gescheiter Kerl war er ja, und reden konnte er, aber so – nein –

Immerhin hatte ich noch niemals über irgendeine biblische oder andere Geschichte so viel nachgedacht. Und hatte seit langem noch niemals den Franz Kromer so völlig vergessen, stundenlang, einen ganzen Abend lang. Ich las zu Hause die Geschichte noch einmal durch, wie sie in der Bibel stand, sie war kurz und deutlich, und es war ganz verrückt, da nach einer besonderen, geheimen Deutung zu suchen. Da könnte jeder Totschläger sich für Gottes Liebling erklären! Nein, es war Unsinn. Nett war bloß die Art, wie Demian solche Sachen sagen konnte, so leicht und hübsch, wie wenn alles selbstverständlich wäre, und mit diesen Augen dazu!

Etwas freilich war ja bei mir selbst nicht in Ordnung, war sogar sehr in Unordnung. Ich hatte in einer lichten und sauberen Welt gelebt, ich war selber eine Art von Abel gewesen, und jetzt stak ich so tief im »andern«, war so sehr gefallen und gesunken, und doch konnte ich im Grunde nicht so sehr viel dafür! Wie war es nun damit? Ja, und jetzt blitzte eine Erinnerung in mir herauf, die mir für einen Augenblick fast den Atem nahm. An jenem üblen Abend, wo mein jetziges Elend angefangen hatte, da war das mit meinem Vater gewesen, da hatte ich, einen Augenblick lang, ihn und seine lichte Welt und Weisheit auf einmal wie durchschaut und verachtet! Ja, da hatte ich selber, der ich Kain war und das Zeichen trug, mir eingebildet, dies Zeichen sei keine Schande, es sei eine Auszeichnung und ich stehe durch meine Bosheit und mein Unglück höher als mein Vater, höher als die Guten und Frommen.

Nicht in dieser Form des klaren Gedankens war es, daß ich die Sache damals erlebte, aber alles dies war darin enthalten, es war nur ein Aufflammen von Gefühlen, von seltsamen Regungen, welche weh taten und mich doch mit Stolz erfüllten.

Wenn ich mich besann – wie sonderbar hatte Demian

von den Furchtlosen und den Feigen gesprochen! Wie seltsam hatte er das Zeichen auf Kains Stirne gedeutet! Wie hatte sein Auge, sein merkwürdiges Auge eines Erwachsenen, dabei wunderlich geleuchtet! Und es schoß mir unklar durch den Kopf: – ist nicht er selber, dieser Demian, so eine Art Kain? Warum verteidigt er ihn, wenn er sich nicht ihm ähnlich fühlt? Warum hat er diese Macht im Blick? Warum spricht er so höhnisch von den »andern«, von den Furchtsamen, welche doch eigentlich die Frommen und Gott Wohlgefälligen sind?

Ich kam mit diesen Gedanken zu keinem Ende. Es war ein Stein in den Brunnen gefallen, und der Brunnen war meine junge Seele. Und für eine lange, sehr lange Zeit war diese Sache mit Kain, dem Totschlag und dem Zeichen der Punkt, bei dem meine Versuche zu Erkenntnis, Zweifel und Kritik alle ihren Ausgang nahmen.

Ich merkte, daß auch die andern Schüler sich mit Demian viel beschäftigten. Von der Geschichte wegen Kain hatte ich niemandem etwas gesagt, aber er schien auch andre zu interessieren. Wenigstens kamen viel Gerüchte über den »Neuen« in Umlauf. Wenn ich sie nur noch alle wüßte, jedes würde ein Licht auf ihn werfen, jedes würde zu deuten sein. Ich weiß nur noch, daß zuerst verlautete, die Mutter Demians sei sehr reich. Auch sagte man, sie gehe nie in die Kirche, und der Sohn auch nicht. Sie seien Juden, wollte einer wissen, aber sie konnten auch heimliche Mohammedaner sein. Weiter wurden Märchen erzählt von Max Demians Körperkraft. Sicher war, daß er den Stärksten seiner Klasse, der ihn zum Raufen aufforderte und ihn bei seiner Weigerung einen Feigling hieß, furchtbar demütigte. Die, die dabei waren, sagten, Demian habe ihn bloß mit einer Hand am Genick genommen und fest gedrückt, dann sei der Knabe bleich geworden, und nachher sei er weggeschlichen und habe tagelang seinen Arm nicht mehr brauchen können. Einen Abend lang hieß es sogar, er sei tot. Alles wurde eine Weile behauptet, alles geglaubt, alles war aufregend und wundersam. Dann hatte man für eine Weile genug. Nicht viel später aber kamen neue Gerüchte unter uns Schülern auf, die wußten davon zu berichten, daß Demian vertrauten Umgang mit Mädchen habe und »alles wisse«.

Inzwischen ging meine Sache mit Franz Kromer ihren zwangsläufigen Weg weiter. Ich kam nicht von ihm los, denn wenn er mich auch zwischenein tagelang in Ruhe ließ, war ich doch an ihn gebunden. In meinen Träumen lebte er wie mein Schatten mit, und was er mir nicht in der Wirklichkeit antat, das ließ meine Phantasie ihn in diesen Träumen tun, in denen ich ganz und gar sein Sklave wurde. Ich lebte in diesen Träumen – ein starker Träumer war ich immer – mehr als im Wirklichen, ich verlor Kraft und Leben an diese Schatten. Unter anderem träumte ich oft, daß Kromer mich mißhandelte, daß er mich anspie und auf mir kniete, und, was schlimmer war, daß er mich zu schweren Verbrechen verführte – vielmehr nicht verführte, sondern einfach durch seinen mächtigen Einfluß zwang. Der furchtbarste dieser Träume, aus dem ich halb wahnsinnig erwachte, enthielt einen Mordanfall auf meinen Vater. Kromer schliff ein Messer und gab es mir in die Hand, wir standen hinter den Bäumen einer Allee und lauerten auf jemand, ich wußte nicht auf wen; aber als jemand daherkam und Kromer mir durch einen Druck auf meinen Arm sagte, der sei es, den ich erstechen müsse, da war es mein Vater. Da erwachte ich.

Über diesen Dingen dachte ich zwar wohl noch an Kain und Abel, aber wenig mehr an Demian. Als er mir zuerst wieder nahetrat, war es merkwürdigerweise auch in einem Traume. Nämlich ich träumte wieder von Mißhandlungen und Vergewaltigung, die ich erlitt, aber statt Kromer war es diesmal Demian, der auf mir kniete. Und – das war ganz neu und machte mir tiefen Eindruck – alles, was ich von Kromer unter Qual und Widerstreben erlitten hatte, das erlitt ich von Demian gerne und mit einem Gefühl, das ebensoviel Wonne wie Angst enthielt. Diesen Traum hatte ich zweimal, dann trat Kromer wieder an seine Stelle.

Was ich in diesen Träumen erlebte und was in der Wirklichkeit, das kann ich längst nicht mehr genau trennen. Jedenfalls aber nahm mein schlimmes Verhältnis zu Kromer seinen Lauf, und war nicht etwa zu Ende, als ich dem Knaben endlich die geschuldete Summe aus lauter kleinen Diebstählen abbezahlt hatte. Nein, jetzt wußte er von diesen Diebstählen, denn er fragte mich immer, woher das Geld komme, und ich war mehr in seiner Hand als jemals. Häufig drohte er, meinem Vater alles zu sagen, und dann war meine Angst kaum so groß wie das tiefe Bedauern darüber, daß ich das nicht von Anfang an selber getan hatte. Indessen, und so elend ich war, bereute ich doch nicht alles, wenigstens nicht immer, und glaubte zuweilen zu fühlen, daß alles so sein müsse. Ein Verhängnis war über mir, und es war unnütz, es durchbrechen zu wollen.

Vermutlich litten meine Eltern unter diesem Zustande nicht wenig. Es war ein fremder Geist über mich gekommen, ich paßte nicht mehr in unsre Gemeinschaft, die so innig gewesen war, und nach der mich oft ein rasendes Heimweh wie nach verlorenen Paradiesen überfiel. Ich wurde, namentlich von der Mutter, mehr wie ein Kranker behandelt als wie ein Bösewicht, aber wie es eigentlich stand, konnte ich am besten aus dem Benehmen meiner beiden Schwestern sehen. In diesem Benehmen, das sehr schonend war und mich dennoch unendlich beelendete, gab sich deutlich kund, daß ich eine Art von Besessener war, der für seinen Zustand mehr zu beklagen, als zu schelten war, in dem aber doch eben das Böse seinen Sitz genommen hatte. Ich fühlte, daß man für mich betete, anders als sonst, und fühlte die Vergeblichkeit dieses Betens. Die Sehnsucht nach Erleichterung, das Verlangen nach einer richtigen Beichte spürte ich oft brennend, und empfand doch auch voraus, daß ich weder Vater noch Mutter alles richtig würde sagen und erklären können. Ich wußte, man würde es freundlich aufnehmen, man würde mich sehr schonen, ja bedauern, aber nicht ganz verstehen, und das Ganze würde als eine Art Entgleisung angesehen werden, während es doch Schicksal war.

Ich weiß, daß manche nicht glauben werden, daß ein Kind von noch nicht elf Jahren so zu fühlen vermöge. Diesen erzähle ich meine Angelegenheit nicht. Ich erzähle sie denen, welche den Menschen besser kennen.

Der Erwachsene, der gelernt hat, einen Teil seiner Gefühle in Gedanken zu verwandeln, vermißt diese Gedanken beim Kinde und meint nun, auch die Erlebnisse seien nicht da. Ich aber habe nur selten in meinem Leben so tief erlebt und gelitten wie damals.

Einst war ein Regentag, ich war von meinem Peiniger auf den Burgplatz bestellt worden, da stand ich nun und wartete und wühlte mit den Füßen im nassen Kastanienlaub, das noch immerzu von den schwarzen, triefenden Bäumen fiel. Geld hatte ich nicht, aber ich hatte zwei Stücke Kuchen beiseite gebracht und trug sie bei mir, um dem Kromer wenigstens etwas geben zu können. Ich war es längst gewohnt, so irgendwo in einem Winkel zu stehen und auf ihn zu warten, oft sehr lange Zeit, und ich nahm es hin, wie der Mensch das Unabänderliche hinnimmt.

Endlich kam Kromer. Er blieb heute nicht lang. Er gab mir ein paar Knüffe in die Rippen, lachte, nahm mir den Kuchen ab, bot mir sogar eine feuchte Zigarette an, die ich jedoch nicht nahm, und war freundlicher als gewöhnlich.

»Ja«, sagte er beim Weggehen, »daß ich's nicht vergesse – du könntest das nächste Mal deine Schwester mitbringen, die ältere. Wie heißt sie eigentlich?«

Ich verstand gar nicht, gab auch keine Antwort. Ich sah ihn nur verwundert an.

»Kapierst du nicht? Deine Schwester sollst du mitbringen.«

»Ja, Kromer, aber das geht nicht. Das darf ich nicht, und sie käme auch gar nicht mit.«

Ich war darauf gefaßt, daß das nur wieder eine Schikane und ein Vorwand sei. So machte er es oft, verlangte irgend etwas Unmögliches, setzte mich in Schrecken, demütigte mich und ließ dann allmählich mit sich handeln. Ich mußte mich dann mit etwas Geld oder anderen Gaben loskaufen.

Diesmal war er ganz anders. Er wurde auf meine Weigerung hin fast gar nicht böse.

»Na ja«, sagte er obenhin, »du wirst dir das überlegen. Ich möchte mit deiner Schwester bekannt werden. Es wird schon einmal gehen. Du nimmst sie einfach auf einen Spaziergang mit, und dann komme ich dazu. Morgen pfeife ich dich an, dann sprechen wir noch einmal drüber.«

Als er fort war, dämmerte mir plötzlich etwas vom Sinn seines Begehrens auf. Ich war noch völlig Kind, aber ich wußte gerüchtweise davon, daß Knaben und Mädchen, wenn sie etwas älter waren, irgendwelche geheimnisvolle, anstößige und verbotene Dinge miteinander treiben konnten. Und nun sollte ich also – es wurde mir ganz plötzlich klar, wie ungeheuerlich es war! Mein Entschluß, das nie zu tun, stand sofort fest. Aber was dann geschehen und wie Kromer sich an mir rächen würde, daran wagte ich kaum zu denken. Es begann eine neue Marter für mich, es war noch nicht genug.

Trostlos ging ich über den leeren Platz, die Hände in den Taschen. Neue Qualen, neue Sklaverei!

Da rief mich eine frische, tiefe Stimme an. Ich erschrak und fing zu laufen an. Jemand lief mir nach, eine Hand faßte mich sanft von hinten. Es war Max Demian.

Ich gab mich gefangen.

»Du bist es?« sagte ich unsicher. »Du hast mich so erschreckt!«

Er sah mich an, und nie war sein Blick mehr der eines
Erwachsenen, eines Überlegenen und Durchschauen-
den gewesen als jetzt. Seit langem hatten wir nicht
mehr miteinander gesprochen.

»Das tut mir leid«, sagte er mit seiner höflichen und
dabei sehr bestimmten Art. »Aber höre, man muß
sich nicht so erschrecken lassen.«

»Nun ja, das kann doch passieren.«

»Es scheint so. Aber sieh: wenn du vor jemand, der
dir nichts getan hat, so zusammenfährst, dann fängt
der Jemand an nachzudenken. Es wundert ihn, es
macht ihn neugierig. Der Jemand denkt sich, du seiest
doch merkwürdig schreckhaft, und er denkt weiter:
so ist man bloß, wenn man Angst hat. Feiglinge haben
immer Angst; aber ich glaube, ein Feigling bist du eigentlich nicht. Nicht wahr? O freilich, ein Held bist
du auch nicht. Es gibt Dinge, vor denen du Furcht
hast; es gibt auch Menschen, vor denen du Furcht
hast. Und das sollte man nie haben. Nein, vor Menschen sollte man niemals Furcht haben. Du hast doch
keine vor mir? Oder?«

»O nein, gar nicht.«

»Eben, siehst du. Aber es gibt Leute, vor denen du
Furcht hast?«

»Ich weiß nicht... Laß mich doch, was willst du von
mir?«

Er hielt mit mir Schritt – ich war rascher gegangen,
mit Fluchtgedanken – und ich fühlte seinen Blick von
der Seite her.

»Nimm einmal an«, fing er wieder an, »daß ich es gut

mit dir meine. Angst brauchst du jedenfalls vor mir nicht zu haben. Ich möchte gern ein Experiment mit dir machen, es ist lustig und du kannst etwas dabei lernen, was sehr brauchbar ist. Paß einmal auf! – Also ich versuche manchmal eine Kunst, die man Gedankenlesen heißt. Es ist keine Hexerei dabei, aber wenn man nicht weiß, wie es gemacht wird, dann sieht es ganz eigentümlich aus. Man kann die Leute sehr damit überraschen. – Nun, wir probieren einmal. Also ich habe dich gern, oder ich interessiere mich für dich und möchte nun herausbringen, wie es in dir drinnen aussieht. Dazu habe ich den ersten Schritt schon getan. Ich habe dich erschreckt – du bist also schreckhaft. Es gibt also Sachen und Menschen, vor denen du Angst hast. Woher kann das kommen? Man braucht vor niemand Angst zu haben. Wenn man jemand fürchtet, dann kommt es daher, daß man diesem Jemand Macht über sich eingeräumt hat. Man hat zum Beispiel etwas Böses getan, und der andre weiß das – dann hat er Macht über dich. Du kapierst? Es ist doch klar, nicht?«

Ich sah ihm hilflos ins Gesicht, das war ernst und klug wie stets, und auch gütig, aber ohne alle Zärtlichkeit, es war eher streng. Gerechtigkeit oder etwas Ähnliches lag darin. Ich wußte nicht, wie mir geschah; er stand wie ein Zauberer vor mir.

»Hast du verstanden?« fragte er noch einmal.

Ich nickte. Sagen konnte ich nichts.

»Ich sagte dir ja, es sieht komisch aus, das Gedankenlesen, aber es geht ganz natürlich zu. Ich könnte dir zum Beispiel auch ziemlich genau sagen, was du über mich gedacht hast, als ich einmal dir die Geschichte von Kain und Abel erzählt hatte. Nun, das gehört nicht hierher. Ich halte es auch für möglich, daß du einmal von mir geträumt hast. Lassen wir das aber! Du bist ein gescheiter Junge, die meisten sind so dumm! Ich rede gern hie und da mit einem gescheiten Jungen, zu dem ich Vertrauen habe. Es ist dir doch recht?«

»O ja. Ich verstehe nur gar nicht –«

»Bleiben wir einmal bei dem lustigen Experiment! Wir haben also gefunden: der Knabe S. ist schreckhaft – er fürchtet jemanden – er hat wahrscheinlich mit diesem andern ein Geheimnis, das ihm sehr unbequem ist. – Stimmt das ungefähr?«

Wie im Traum unterlag ich seiner Stimme, seinem Einfluß. Ich nickte nur. Sprach da nicht eine Stimme, die nur aus mir selber kommen konnte? Die alles wußte? Die alles besser, klarer wußte als ich selber? Kräftig schlug mir Demian auf die Schulter.

»Es stimmt also. Ich konnte mir's denken. Jetzt bloß noch eine einzige Frage: weißt du, wie der Junge heißt, der da vorhin wegging?«

Ich erschrak heftig, mein angetastetes Geheimnis krümmte sich schmerzhaft in mir zurück, es wollte nicht ans Licht.

»Was für ein Junge? Es war kein Junge da, bloß ich.«

Er lachte.

»Sag's nur!« lachte er. »Wie heißt er?«

Ich flüsterte: »Meinst du den Franz Kromer?«

Befriedigt nickte er mir zu.

»Bravo! Du bist ein fixer Kerl, wir werden noch Freunde werden. Nun muß ich dir aber etwas sagen:

dieser Kromer, oder wie er heißt, ist ein schlechter Kerl. Sein Gesicht sagt mir, daß er ein Schuft ist! Was meinst du?«

»O ja«, seufzte ich auf, »er ist schlecht, er ist ein Satan! Aber er darf nichts wissen! Um Gottes willen, er darf nichts wissen! Kennst du ihn? Kennt er dich?«

»Sei nur ruhig! Er ist fort, und er kennt mich nicht – noch nicht. Aber ich möchte ihn ganz gern kennenlernen. Er geht in die Volksschule?«

»Ja.«

»In welche Klasse?«

»In die fünfte. – Aber sag ihm nichts! Bitte, bitte sag ihm nichts!«

»Sei ruhig, es passiert dir nichts. Vermutlich hast du keine Lust, mir ein wenig mehr von diesem Kromer zu erzählen?«

»Ich kann nicht! Nein, laß mich!«

Er schwieg eine Weile.

»Schade«, sagte er dann, »wir hätten das Experiment noch weiter führen können. Aber ich will dich nicht plagen. Aber nicht wahr, das weißt du doch, daß deine Furcht vor ihm nichts Richtiges ist? So eine Furcht macht uns ganz kaputt, die muß man loswerden. Du mußt sie loswerden, wenn ein rechter Kerl aus dir werden soll. Begreifst du?«

»Gewiß, du hast ganz recht... aber es geht nicht. Du weißt ja nicht...«

»Du hast gesehen, daß ich manches weiß, mehr als du gedacht hättest. – Bist du ihm etwa Geld schuldig?«

»Ja, das auch, aber das ist nicht die Hauptsache. Ich kann es nicht sagen, ich kann nicht!«

»Es hilft also nichts, wenn ich dir soviel Geld gebe,

wie du ihm schuldig bist? – Ich könnte es dir gut geben.«

»Nein, nein, das ist es nicht. Und ich bitte dich: sage
niemand davon! Kein Wort! Du machst mich unglücklich!«

»Verlaß dich auf mich, Sinclair. Eure Geheimnisse
wirst du mir später einmal mitteilen –«

»Nie, nie!« rief ich heftig.

»Ganz wie du willst. Ich meine nur, vielleicht wirst du
mir später einmal mehr sagen. Nur freiwillig, versteht
sich! Du denkst doch nicht, ich werde es machen wie
der Kromer selber?«

»O nein – aber du weißt ja gar nichts davon!«

»Gar nichts. Ich denke nur darüber nach. Und ich
werde es nie so machen, wie Kromer es macht, das
glaubst du mir. Du bist ja mir auch nichts schuldig.«

Wir schwiegen eine lange Zeit, und ich wurde ruhiger. Aber Demians Wissen wurde mir immer rätsel-
hafter.

»Ich geh jetzt nach Hause«, sagte er und zog im Regen
seinen Lodenmantel fester zusammen. »Ich möchte
dir nur eins nochmals sagen, weil wir schon so weit
sind – du solltest diesen Kerl loswerden! Wenn es gar
nicht anders geht, dann schlage ihn tot! Es würde mir
imponieren und gefallen, wenn du es tätest. Ich würde
dir auch helfen.«

Ich bekam von neuem Angst. Die Geschichte von
Kain fiel mir plötzlich wieder ein. Es wurde mir un-
heimlich, und ich begann sachte zu weinen. Zu viel
Unheimliches war um mich her.

»Nun gut«, lächelte Max Demian. »Geh nur nach

Hause! Wir machen das schon. Obwohl Totschlagen das einfachste wäre. In solchen Dingen ist das Einfachste immer das Beste. Du bist in keinen guten Händen bei deinem Freund Kromer.«

Ich kam nach Hause, und mir schien, ich sei ein Jahr lang weg gewesen. Alles sah anders aus. Zwischen mir und Kromer stand etwas wie Zukunft, etwas wie Hoffnung. Ich war nicht mehr allein! Und erst jetzt sah ich, wie schrecklich allein ich wochen- und wochenlang mit meinem Geheimnis gewesen war. Und sofort fiel mir ein, was ich mehrmals durchgedacht hatte: daß eine Beichte vor meinen Eltern mich erleichtern und mich doch nicht ganz erlösen würde. Nun hatte ich beinahe gebeichtet, einem andern, einem Fremden, und Erlösungsahnung flog mir wie ein starker Duft entgegen!

Immerhin war meine Angst noch lange nicht überwunden, und ich war noch auf lange und furchtbare Auseinandersetzungen mit meinem Feinde gefaßt. Desto merkwürdiger war es mir, daß alles so still, so völlig geheim und ruhig verlief.

Kromers Pfiff vor unserem Hause blieb aus, einen Tag, zwei Tage, drei Tage, eine Woche lang. Ich wagte gar nicht, daran zu glauben, und lag innerlich auf der Lauer, ob er nicht plötzlich, eben wenn man ihn gar nimmer erwartete, doch wieder dastehen würde. Aber er war und blieb fort! Mißtrauisch gegen die neue Freiheit, glaubte ich noch immer nicht recht daran. Bis ich endlich einmal dem Franz Kromer begegnete. Er kam die Seilergasse herab, gerade mir entgegen. Als er mich sah, zuckte er zusammen, verzog das Gesicht zu einer wüsten Grimasse und kehrte ohne weiteres um, um mir nicht begegnen zu müssen.

Das war für mich ein unerhörter Augenblick! Mein Feind lief vor mir davon! Mein Satan hatte Angst vor mir! Mir fuhr die Freude und Überraschung durch und durch.

In diesen Tagen zeigte sich Demian einmal wieder. Er wartete auf mich vor der Schule.

»Grüß Gott«, sagte ich.

»Guten Morgen, Sinclair. Ich wollte nur einmal hören, wie dir's geht. Der Kromer läßt dich doch jetzt in Ruhe, nicht?«

»Hast du das gemacht? Aber wie denn? Wie denn? Ich begreife es gar nicht. Er ist ganz ausgeblieben.«

»Das ist gut. Wenn er je einmal wiederkommen sollte – ich denke, er tut es nicht, aber er ist ja ein frecher Kerl – dann sage ihm bloß, er möge an den Demian denken.«

»Aber wie hängt das zusammen? Hast du Händel mit ihm angefangen und ihn verhauen?«

»Nein, das tue ich nicht so gern. Ich habe bloß mit ihm gesprochen, so wie mit dir auch, und habe ihm dabei klarmachen können, daß es sein eigener Vorteil ist, wenn er dich in Ruhe läßt.«

»Oh, du wirst ihm doch kein Geld gegeben haben?«

»Nein, mein Junge. Diesen Weg hattest ja du schon probiert.«

Er machte sich los, so sehr ich ihn auszufragen versuchte, und ich blieb mit dem alten beklommenen Gefühl gegen ihn zurück, das aus Dankbarkeit und Scheu, aus Bewunderung und Angst, aus Zuneigung und innerem Widerstreben seltsam gemischt war.

Ich nahm mir vor, ihn bald wiederzusehen, und dann wollte ich mehr mit ihm über das alles reden, auch noch über die Kain-Sache.

Es kam nicht dazu.

Dankbarkeit ist überhaupt keine Tugend, an die ich Glauben habe, und sie von einem Kinde zu verlangen, schiene mir falsch. So wundere ich mich über meine eigene völlige Undankbarkeit nicht eben sehr, die ich gegen Max Demian bewies. Ich glaube heute mit Bestimmtheit, daß ich fürs Leben krank und verdorben worden wäre, wenn er mich nicht aus den Klauen Kromers befreit hätte. Diese Befreiung fühlte ich auch damals schon als das größte Erlebnis meines jungen Lebens – aber den Befreier selbst ließ ich links liegen, sobald er das Wunder vollführt hatte.

Merkwürdig ist die Undankbarkeit, wie gesagt, mir nicht. Sonderbar ist mir einzig der Mangel an Neugierde, den ich bewies. Wie war es möglich, daß ich einen einzigen Tag ruhig weiterleben konnte, ohne den Geheimnissen näher zu kommen, mit denen mich Demian in Berührung gebracht hatte? Wie konnte ich die Begierde zurückhalten, mehr über Kain zu hören, mehr über Kromer, mehr über das Gedankenlesen?

Es ist kaum begreiflich, und ist doch so. Ich sah mich plötzlich aus dämonischen Netzen entwirrt, sah wieder die Welt hell und freudig vor mir liegen, unterlag nicht mehr Angstanfällen und würgendem Herzklopfen. Der Bann war gebrochen, ich war nicht mehr ein gepeinigter Verdammter, ich war wieder ein Schulknabe wie immer. Meine Natur suchte so rasch wie möglich wieder in Gleichgewicht und Ruhe zu kommen, und so gab sie sich vor allem Mühe, das viele Häßliche und Bedrohende von sich wegzurücken, es zu vergessen. Wunderbar schnell entglitt die ganze lange Geschichte meiner Schuld und Verängstigung meinem Gedächtnis, ohne scheinbar irgendwelche Narben und Eindrücke hinterlassen zu haben.

Daß ich hingegen meinen Helfer und Retter ebenso rasch zu vergessen suchte, begreife ich heute auch. Aus dem Jammertal meiner Verdammung, aus der furchtbaren Sklaverei bei Kromer floh ich mit allen Trieben und Kräften meiner geschädigten Seele dahin zurück, wo ich früher glücklich und zufrieden gewesen war: in das verlorene Paradies, das sich wieder öffnete, in die helle Vater- und Mutterwelt, zu den Schwestern, zum Duft der Reinheit, zur Gottgefälligkeit Abels.

Schon am Tage nach meinem kurzen Gespräch mit Demian, als ich von meiner wiedergewonnenen Freiheit endlich völlig überzeugt war und keine Rückfälle mehr fürchtete, tat ich das, was ich so oft und sehnlich mir gewünscht hatte – ich beichtete. Ich ging zu meiner Mutter, ich zeigte ihr das Sparbüchslein, dessen Schloß beschädigt und das mit Spielmarken statt mit Geld gefüllt war, und ich erzählte ihr, wie lange Zeit ich durch eigene Schuld mich an einen bösen Quäler gefesselt hatte. Sie begriff nicht alles, aber sie sah die Büchse, sie sah meinen veränderten Blick, hörte meine veränderte Stimme, fühlte, daß ich genesen, daß ich ihr wiedergegeben war.

Und nun beging ich mit hohen Gefühlen das Fest meiner Wiederaufnahme, die Heimkehr des verlorenen Sohnes. Die Mutter brachte mich zum Vater, die Geschichte wurde wiederholt, Fragen und Ausrufe der Verwunderung drängten sich, beide Eltern streichelten mir den Kopf und atmeten aus langer Bedrückung auf. Alles war herrlich, alles war wie in den Erzählungen, alles löste sich in wunderbare Harmonie auf.

In diese Harmonie floh ich nun mit wahrer Leidenschaft. Ich konnte mich nicht genug daran ersättigen, daß ich wieder meinen Frieden und das Vertrauen der Eltern hatte, ich wurde ein häuslicher Musterknabe, spielte mehr als jemals mit meinen Schwestern und sang bei den Andachten die lieben, alten Lieder mit Gefühlen des Erlösten und Bekehrten mit. Es geschah von Herzen, es war keine Lüge dabei.

Dennoch war es so gar nicht in Ordnung! Und hier ist der Punkt, aus dem sich mir meine Vergeßlichkeit gegen Demian allein wahrhaft erklärt. Ihm hätte ich beichten sollen! Die Beichte wäre weniger dekorativ und rührend, aber für mich fruchtbarer ausgefallen. Nun klammerte er mich mit allen Wurzeln an meine ehemalige, paradiesische Welt, war heimgekehrt und in Gnaden aufgenommen. Demian aber gehörte zu dieser Welt keineswegs, paßte nicht in sie. Auch er war, anders als Kromer, aber doch eben – auch er war ein Verführer, auch er verband mich mit der zweiten, der bösen, schlechten Welt, und von der wollte ich nun für immer nichts mehr wissen. Ich konnte und wollte jetzt nicht Abel preisgeben und Kain verherrlichen helfen, jetzt, wo ich eben selbst wieder ein Abel geworden war.

So der äußere Zusammenhang. Der innere aber war dieser: ich war aus Kromers und des Teufels Händen erlöst, aber nicht durch meine eigene Kraft und Leistung. Ich hatte versucht, auf den Pfaden der Welt zu wandeln, und sie waren für mich zu schlüpfrig gewesen. Nun, da der Griff einer freundlichen Hand mich gerettet hatte, lief ich, ohne einen Blick mehr nebenaus zu tun, in den Schoß der Mutter und die Geborgenheit einer umhegten, frommen Kindlichkeit zurück. Ich machte mich jünger, abhängiger, kindlicher als ich war. Ich mußte die Abhängigkeit von Kromer durch eine neue ersetzen, denn allein zu gehen vermochte ich nicht. So wählte ich, in meinem blinden Herzen, die Abhängigkeit von Vater und Mutter, von der alten, geliebten »lichten Welt«, von der ich doch schon wußte, daß sie nicht die einzige war. Hätte ich das nicht getan, so hätte ich mich zu Demian halten und mich ihm anvertrauen müssen. Daß ich das nicht tat, das erschien mir damals als berechtigtes Mißtrauen gegen seine befremdlichen Gedanken; in Wahrheit war es nichts als Angst. Denn Demian hätte mehr von mir verlangt als die Eltern verlangten, viel mehr, er hätte mich mit Antrieb und Ermahnung, mit Spott und Ironie selbständiger zu machen versucht. Ach, das weiß ich heute: nichts auf der Welt ist dem Menschen mehr zuwider, als den Weg zu gehen, der ihn zu sich selber führt!

Dennoch konnte ich, etwa ein halbes Jahr später, der Versuchung nicht widerstehen, und fragte auf einem Spaziergang meinen Vater, was davon zu halten sei, daß manche Leute den Kain für besser als den Abel erklärten.

Er war sehr verwundert und erklärte mir, daß dies eine Auffassung sei, welche der Neuheit entbehre. Sie sei sogar schon in der urchristlichen Zeit aufgetaucht

und sei in Sekten gelehrt worden, deren eine sich die
»Kainiten« nannte. Aber natürlich sei diese tolle
Lehre nichts anderes als ein Versuch des Teufels, unsern Glauben zu zerstören. Denn glaube man an das
Recht Kains und das Unrecht Abels, dann ergebe sich
daraus die Folge, daß Gott sich geirrt habe, daß also
der Gott der Bibel nicht der richtige und einzige, sondern ein falscher sei. Wirklich hätten die Kainiten
auch Ähnliches gelehrt und gepredigt: doch sei diese
Ketzerei seit langem aus der Menschheit verschwunden und er wundere sich nur, daß ein Schulkamerad
von mir etwas davon habe erfahren können. Immerhin ermahne ich mich ernstlich, diese Gedanken zu
unterlassen.

Drittes Kapitel
Der Schächer

Es wäre Schönes, Zartes und Liebenswertes zu erzählen von meiner Kindheit, von meinem Geborgensein
bei Vater und Mutter, von Kindesliebe und genügsam
spielerischem Hinleben in sanften, lieben, lichten
Umgebungen. Aber mich interessieren nur die
Schritte, die ich in meinem Leben tat, um zu mir selbst
zu gelangen. Alle die hübschen Ruhepunkte, Glücks-
inseln und Paradiese, deren Zauber mir nicht unbe-
kannt blieb, lasse ich im Glanz der Ferne liegen und
begehre nicht, sie nochmals zu betreten.
Darum spreche ich, soweit ich noch bei meiner Knabenzeit verweile, nur von dem, was Neues mir zukam,
was mich vorwärts trieb, mich losriß.

Immer kamen diese Anstöße von der »anderen Welt«, immer brachten sie Angst, Zwang und böses Gewissen mit sich, immer waren sie revolutionär und gefährdeten den Frieden, in dem ich gern wohnen geblieben wäre.

Es kamen die Jahre, in welchen ich aufs neue entdecken mußte, daß in mir selbst ein Urtrieb lebte, der in der erlaubten und lichten Welt sich verkriechen und verstecken mußte. Wie jeden Menschen, so fiel auch mich das langsam erwachende Gefühl des Geschlechts als ein Feind und Zerstörer an, als Verbotenes, als Verführung und Sünde. Was meine Neugierde suchte, was mir Träume, Lust und Angst schuf, das große Geheimnis der Pubertät, das paßte gar nicht in die umhegte Glückseligkeit meines Kinderfriedens. Ich tat wie alle. Ich führte das Doppelleben des Kindes, das doch kein Kind mehr ist. Mein Bewußtsein lebte im Heimischen und Erlaubten, mein Bewußtsein leugnete die empordämmernde neue Welt. Daneben aber lebte ich in Träumen, Trieben, Wünschen von unterirdischer Art, über welches jenes bewußte Leben sich immer ängstlichere Brücken baute, denn die Kinderwelt in mir fiel zusammen. Wie fast alle Eltern, so halfen auch die meinen nicht den erwachenden Lebenstrieben, von denen nicht gesprochen ward. Sie halfen nur, mit unerschöpflicher Sorgfalt, meinen hoffnungslosen Versuchen, das Wirkliche zu leugnen und in einer Kindeswelt weiter zu hausen, die immer unwirklicher und verlogener ward. Ich weiß nicht, ob Eltern hierin viel tun können, und mache den meinen keinen Vorwurf. Es war meine eigene Sache, mit mir fertig zu werden und meinen Weg zu finden und ich tat meine Sache Schlecht, wie die meisten Wohlerzogenen.

Jeder Mensch durchlebt diese Schwierigkeit. Für den Durchschnittlichen ist dies der Punkt im Leben, wo die Forderung des eigenen Lebens am härtesten mit der Umwelt in Streit gerät, wo der Weg nach vorwärts am bittersten erkämpft werden muß. Viele erleben das Sterben und Neugeborenwerden, das unser Schicksal ist, nur dies eine Mal im Leben, beim Morschwerden und langsamen Zusammenbrechen der Kindheit, wenn alles Liebgewordene uns verlassen will und wir plötzlich die Einsamkeit und tödliche Kälte des Weltraums um uns fühlen. Und sehr viele bleiben für immer an dieser Klippe hängen und kleben ihr Leben lang schmerzlich am unwiederbringlich Vergangenen, am Traum vom verlorenen Paradies, der der schlimmste und mörderischste aller Träume ist.

Wenden wir uns zur Geschichte zurück. Die Empfindungen und Traumbilder, in denen sich mir das Ende der Kindheit meldete, sind nicht wichtig genug, um erzählt zu werden. Das Wichtige war: die »dunkle Welt«, die »andere Welt«, war wieder da. Was einst Franz Kromer gewesen war, das stak nun in mir selber. Und damit gewann auch von außen her die »andere Welt« wieder Macht über mich.

Es waren seit der Geschichte mit Kromer mehrere Jahre vergangen. Jene dramatische und schuldvolle Zeit meines Lebens lag damals mir sehr fern und schien wie ein kurzer Alptraum in nichts vergangen. Franz Kromer war längst aus meinem Leben verschwunden, kaum daß ich es achtete, wenn er mir je einmal begegnete. Die andere wichtige Figur meiner Tragödie aber, Max Demian, verschwand nicht mehr ganz aus meinem Umkreis. Doch stand er lange Zeit fern am Rande, sichtbar, doch nicht wirksam. Erst allmählich trat er wieder näher, strahlte wieder Kräfte und Einflüsse aus.

Ich suche mich zu besinnen, was ich aus jener Zeit von Demian weiß. Es mag sein, daß ich ein Jahr oder länger kein einziges Mal mit ihm gesprochen habe. Ich mied ihn, und er drängte sich keineswegs auf. Etwa einmal, wenn wir uns begegneten, nickte er mir zu. Mir schien es dann zuweilen, es sei in seiner Freundlichkeit ein feiner Klang von Hohn oder ironischem Vorwurf, doch mag das Einbildung gewesen sein. Die Geschichte, die ich mit ihm erlebt hatte, und der seltsame Einfluß, den er damals auf mich geübt, waren wie vergessen, von ihm wie von mir.

Ich suche nach seiner Figur, und nun, da ich mich auf ihn besinne, sehe ich, daß er doch da war und von mir bemerkt wurde. Ich sehe ihn zur Schule gehen, allein oder zwischen andern von den größeren Schülern, und ich sehe ihn fremdartig, einsam und still, wie gestirnhaft zwischen ihnen wandeln, von einer eigenen Luft umgeben, unter eigenen Gesetzen lebend. Niemand liebte ihn, niemand war mit ihm vertraut, nur seine Mutter, und auch mit ihr schien er nicht wie ein Kind, sondern wie ein Erwachsener zu verkehren. Die Lehrer ließen ihn möglichst in Ruhe, er war ein guter Schüler, aber er suchte keinem zu gefallen, und je und je vernahmen wir gerüchtweise von irgendeinem Wort, einer Glosse oder Gegenrede, die er einem Lehrer sollte gegeben haben und die an schroffer Herausforderung oder an Ironie nichts zu wünschen übrigließ.

Ich besinne mich, mit geschlossenen Augen, und ich sehe sein Bild auftauchen. Wo war das? Ja, nun ist es wieder da. Es war auf der Gasse vor unserem Hause. Da sah ich ihn eines Tages stehen, ein Notizbuch in der Hand, und sah ihn zeichnen. Er zeichnete das alte Wappenbild mit dem Vogel über unsrer Haustüre ab. Und ich stand an einem Fenster, hinterm Vorhang verborgen, und schaute ihm zu, und sah mit tiefer Verwunderung sein aufmerksames, kühles, helles Gesicht dem Wappen zugewendet, das Gesicht eines Mannes, eines Forschers oder Künstlers, überlegen und voll von Willen, sonderbar hell und kühl, mit wissenden Augen.

Und wieder sehe ich ihn. Es war wenig später, auf der Straße; wir standen alle, von der Schule kommend, um ein Pferd, das gestürzt war. Es lag, noch an die Deichsel geschirrt, vor einem Bauernwagen, schnob suchend und kläglich mit geöffneten Nüstern in die Luft und blutete aus einer unsichtbaren Wunde, so daß zu seiner Seite der weiße Straßenstaub sich langsam dunkel vollsog. Als ich, mit einem Gefühl von Übelkeit, mich von dem Anblick wegwandte, sah ich Demians Gesicht. Er hatte sich nicht vorgedrängt, er stand zuhinterst, bequem und ziemlich elegant, wie es zu ihm gehörte. Sein Blick schien auf den Kopf des Pferdes gerichtet und hatte wieder diese tiefe, stille, beinah fanatische und doch leidenschaftslose Aufmerksamkeit. Ich mußte ihn lang ansehen, und damals fühlte ich, noch fern vom Bewußtsein, etwas sehr Eigentümliches. Ich sah Demians Gesicht, und ich sah nicht nur, daß er kein Knabengesicht hatte, sondern das eines Mannes; ich sah noch mehr, ich glaubte zu sehen, oder zu spüren, daß es auch nicht das Gesicht eines Mannes sei, sondern noch etwas anderes. Es war, als sei auch etwas von einem Frauengesicht darin, und namentlich schien dies Gesicht mir, für einen Augenblick, nicht männlich oder kindlich, nicht alt oder jung, sondern irgendwie tausendjährig, irgendwie zeitlos, von anderen Zeitläufen gestempelt, als wir sie leben. Tiere konnten so aussehen, oder Bäume, oder Sterne – ich wußte das nicht, ich empfand nicht genau das, was ich jetzt als Erwachsener darüber sage, aber etwas Ähnliches. Vielleicht war er schön, vielleicht gefiel er mir, vielleicht war er mir auch zuwider, auch das war nicht zu entscheiden. Ich sah nur: er war anders als wir, er war wie ein Tier, oder wie ein Geist, oder wie ein Bild, ich weiß nicht, wie er war, aber er war anders, unausdenkbar anders als wir alle.

Mehr sagt die Erinnerung mir nicht, und vielleicht ist auch dies zum Teil schon aus späteren Eindrücken geschöpft.

Erst als ich mehrere Jahre älter war, kam ich endlich wieder mit ihm in nähere Berührung. Demian war nicht, wie die Sitte es gefordert hätte, mit seinem Jahrgang in der Kirche konfirmiert worden, und auch daran hatten sich wieder alsbald Gerüchte geknüpft. Es hieß in der Schule wieder, er sei eigentlich ein Jude, oder nein, ein Heide, und andere wußten, er sei samt seiner Mutter ohne jede Religion oder gehöre einer fabelhaften, schlimmen Sekte an. Im Zusammenhang damit meine ich auch den Verdacht vernommen zu

haben, er lebe mit seiner Mutter wie mit einer Geliebten. Vermutlich war es so, daß er bisher ohne Konfes-
sion erzogen worden war, daß dies nun aber für seine
Zukunft irgendwelche Unzuträglichkeiten fürchten
ließ. Jedenfalls entschloß sich seine Mutter, ihn jetzt
doch, zwei Jahre später als seine Altersgenossen, an
der Konfirmation teilnehmen zu lassen. So kam es,
daß er nun monatelang im Konfirmationsunterricht
mein Kamerad war.

Eine Weile hielt ich mich ganz von ihm zurück, ich
wollte nicht teil an ihm haben, er war mir allzu sehr
von Gerüchten und Geheimnissen umgeben, namentlich aber störte mich das Gefühl von Verpflichtung,
das seit der Affäre mit Kromer in mir zurückgeblieben
war. Und gerade damals hatte ich genug mit meinen
eigenen Geheimnissen zu tun. Für mich fiel der Konfirmationsunterricht zusammen mit der Zeit der ent-
scheidenden Aufklärungen in den geschlechtlichen
Dingen, und trotz gutem Willen war mein Interesse
für die fromme Belehrung dadurch sehr beeinträch-
tigt. Die Dinge, von denen der Geistliche sprach, lagen weit von mir weg in einer stillen, heiligen Unwirk-
lichkeit, sie waren vielleicht ganz schön und wertvoll,
aber keineswegs aktuell und erregend, und jene andern Dinge waren gerade dies im höchsten Maße.

Je mehr mich nun dieser Zustand gegen den Unterricht gleichgültig machte, desto mehr näherte sich
mein Interesse wieder dem Max Demian. Irgend etwas schien uns zu verbinden. Ich muß diesem Faden
möglichst genau nachgehen. Soviel ich mich besinnen
kann, begann es in einer Stunde früh am Morgen, als
noch Licht in der Schulstube brannte. Unser geistli-

cher Lehrer war auf die Geschichte Kains und Abels zu sprechen gekommen. Ich achtete kaum darauf, ich war schläfrig und hörte kaum zu. Da begann der Pfarrer mit erhobener Stimme eindringlich vom Kainszeichen zu reden. In diesem Augenblick spürte ich eine Art von Berührung oder Mahnung, und aufblickend sah ich aus den vorderen Bankreihen her das Gesicht Demians nach mir zurückgewendet, mit einem hellen, sprechenden Auge, dessen Ausdruck ebensowohl Spott wie Ernst sein konnte. Nur einen Moment sah er mich an, und plötzlich horchte ich gespannt auf die Worte des Pfarrers, hörte ihn von Kain und seinem Zeichen reden, und spürte tief in mir ein Wissen, daß das nicht so sei, wie er es lehre, daß man das auch anders ansehen konnte, daß daran Kritik möglich war!

Mit dieser Minute war zwischen Demian und mir wieder eine Verbindung da. Und sonderbar – kaum war dies Gefühl einer gewissen Zusammengehörigkeit in der Seele da, so sah ich es wie magisch auch ins Räumliche übertragen. Ich wußte nicht, ob er es selbst so einrichten konnte oder ob es ein reiner Zufall war – ich glaubte damals noch fest an Zufälle – nach wenigen Tagen hatte Demian plötzlich seinen Platz in der Religionsstunde gewechselt und saß gerade vor mir (ich weiß noch, wie gern ich mitten in der elenden Armenhäuslerluft der überfüllten Schulstube am Morgen von seinem Nacken her den zartfrischen Seifengeruch einsog!), und wieder nach einigen Tagen hatte er wieder gewechselt und saß nun neben mir, und da blieb er sitzen, den ganzen Winter und das ganze Frühjahr hindurch.

Die Morgenstunden hatten sich ganz verwandelt. Sie waren nicht mehr schläfrig und langweilig. Ich freute mich auf sie. Manchmal hörten wir beide mit der größten Aufmerksamkeit dem Pfarrer zu, ein Blick von meinem Nachbar genügte, um mich auf eine merkwürdige Geschichte, einen seltsamen Spruch hinzuweisen. Und ein anderer Blick von ihm, ein ganz bestimmter, genügte, um mich zu mahnen, um Kritik und Zweifel in mir anzuregen.

Sehr oft aber waren wir schlechte Schüler und hörten nichts vom Unterricht. Demian war stets artig gegen Lehrer und Mitschüler, nie sah ich ihn Schuljungen-dummheiten machen, nie hörte man ihn laut lachen oder plaudern, nie zog er sich einen Tadel des Lehrers zu. Aber ganz leise, und mehr mit Zeichen und Blikken als mit Flüsterworten, verstand er es, mich an seinen eigenen Beschäftigungen teilnehmen zu lassen. Diese waren zum Teil von merkwürdiger Art.

Er sagte mir zum Beispiel, welche von den Schülern ihn interessierten, und auf welche Weise er sie studiere. Manche kannte er sehr genau. Er sagte mir vor der Lektion: »Wenn ich dir ein Zeichen mit dem Daumen mache, dann wird der und der sich nach uns umsehen, oder sich am Nacken kratzen« und so weiter. Während der Stunde dann, wenn ich oft kaum mehr daran dachte, drehte Max plötzlich mit auffallender Gebärde mir seinen Daumen zu, ich schaute schnell nach dem bezeichneten Schüler aus und sah ihn jedesmal, wie am Draht gezogen, die verlangte Gebärde machen. Ich plagte Max, er solle das auch einmal am Lehrer versuchen, doch wollte er es nicht tun. Aber einmal, als ich in die Stunde kam und ihm sagte, ich hätte heute meine Aufgaben nicht gelernt und hoffe sehr, der Pfarrer werde mich heute nichts fragen, da half er mir. Der Pfarrer suchte nach einem Schüler, den er ein Stück Katechismus hersagen lassen wollte, und sein schweifendes Auge blieb auf meinem schuldbewußten Gesicht hängen. Langsam kam er heran, streckte den Finger gegen mich aus, hatte schon meinen Namen auf den Lippen – da wurde er plötzlich zerstreut oder unruhig, rückte an seinem Halskragen, trat auf Demian zu, der ihm fest ins Gesicht sah, schien ihn etwas fragen zu wollen, wandte sich aber überraschend wieder weg, hustete eine Weile und forderte dann einen andern Schüler auf.

Erst allmählich merkte ich, während diese Scherze mich sehr belustigten, daß mein Freund mit mir häufig dasselbe Spiel treibe. Es kam vor, daß ich auf dem Schulweg plötzlich das Gefühl hatte, Demian gehe eine Strecke hinter mir, und wenn ich mich umwandte, war er richtig da.

»Kannst du denn eigentlich machen, daß ein anderer das denken muß, was du willst?« fragte ich ihn.

Er gab bereitwillig Auskunft, ruhig und sachlich, in seiner erwachsenen Art.

»Nein«, sagte er, »das kann man nicht. Man hat nämlich keinen freien Willen, wenn auch der Pfarrer so tut. Weder kann der andere denken, was er will, noch kann ich ihn denken machen, was ich will. Wohl aber kann man jemand gut beobachten, und dann kann man oft ziemlich genau sagen, was er denkt oder fühlt, und dann kann man meistens auch voraussehen, was er im nächsten Augenblick tun wird. Es ist ganz einfach, die Leute wissen es bloß nicht. Natürlich braucht es Übung. Es gibt zum Beispiel bei den Schmetterlingen gewisse Nachtfalter, bei denen sind die Weibchen viel seltener als die Männchen. Die Falter pflanzen sich gerade so fort wie alle Tiere, der Mann befruchtet das Weibchen, das dann Eier legt. Wenn du nun von diesen Nachtfaltern ein Weibchen hast – es ist von Naturforschern oft probiert worden –, so kommen in der Nacht zu diesem Weibchen die männlichen Falter geflogen, und zwar stundenweit! Stundenweit, denke dir! Auf viele Kilometer spüren alle diese Männchen das einzige Weibchen, das in der Gegend ist! Man versucht das zu erklären, aber es geht schwer. Es muß eine Art Geruchssinn oder so etwas sein, etwa so wie gute Jagdhunde eine unmerkliche Spur finden und verfolgen können. Du begreifst? Das sind solche Sachen, die Natur ist voll davon, und niemand kann sie erklären. Nun sage ich aber: wären bei diesen Schmetterlingen die Weibchen so häufig wie die Männchen, so hätten sie die feine Nase eben nicht! Sie haben sie bloß, weil sie sich darauf dressiert haben. Wenn ein Tier oder Mensch seine ganze Aufmerksamkeit und seinen ganzen Willen auf eine bestimmte Sache richtet, dann erreicht er sie auch. Das ist alles. Und genau so ist es mit dem, was du meinst. Sieh dir einen Menschen genau genug an, so weißt du mehr von ihm als er selber.«

Mir lag es auf der Zunge, das Wort »Gedankenlesen« auszusprechen und ihn damit an die Szene mit Kromer zu erinnern, die so lang zurück lag. Aber dies war nun auch eine seltsame Sache zwischen uns beiden: nie und niemals machte weder er noch ich die leiseste Anspielung darauf, daß er vor mehreren Jahren einmal so ernstlich in mein Leben eingegriffen hatte. Es war, als sei nie etwas früher zwischen uns gewesen, oder als rechne jeder von uns fest damit, daß der andere das vergessen habe. Es kam, ein- oder zweimal, sogar vor, daß wir zusammen über die Straße gingen und den Franz Kromer antrafen, aber wir wechselten keinen Blick, sprachen kein Wort von ihm.

»Aber wie ist nun das mit dem Willen?« fragte ich. »Du sagst, man hat keinen freien Willen. Aber dann sagst du wieder, man brauche nur seinen Willen fest auf etwas zu richten, dann könne man sein Ziel erreichen. Das stimmt doch nicht. Wenn ich nicht Herr über meinen Willen bin, dann kann ich ihn ja auch nicht beliebig da- oder dorthin richten.«

Er klopfte mir auf die Schulter. Das tat er stets, wenn ich ihm Freude machte.

»Gut, daß du fragst!« sagte er lachend. »Man muß immer fragen, man muß immer zweifeln. Aber die Sache ist sehr einfach. Wenn so ein Nachtfalter zum Beispiel seinen Willen auf einen Stern oder sonstwohin richten wollte, so könnte er das nicht. Nur – er versucht das überhaupt nicht. Er sucht nur das, was Sinn und Wert für ihn hat, was er braucht, was er unbedingt haben muß. Und eben da gelingt ihm auch das Unglaubliche – er entwickelt einen zauberhaften sechsten Sinn, den kein anderes Tier außer ihm hat! Unsereiner hat mehr Spielraum, gewiß, und mehr Interessen als ein Tier. Aber auch wir sind in einem verhältnismäßig recht engen Kreis gebunden und können nicht darüber hinaus. Ich kann wohl das und das phantasieren, mir etwa einbilden, ich wolle unbedingt an den Nordpol kommen, oder so etwas, aber ausführen und genügend stark wollen kann ich das nur, wenn der Wunsch ganz in mir selber liegt, wenn wirklich mein Wesen ganz von ihm erfüllt ist. Sobald das der Fall ist, sobald du etwas probierst, was dir von innen heraus befohlen wird, dann geht es auch, dann kannst du deinen Willen anspannen wie einen guten Gaul. Wenn ich zum Beispiel mir jetzt vornäme, ich wolle bewirken, daß unser Herr Pfarrer künftig keine Brille mehr trägt, so geht das nicht. Das ist bloß eine Spielerei. Aber als ich, damals im Herbst, den festen Willen bekam, aus meiner Bank da vorne versetzt zu werden, da ging es ganz gut. Da war plötzlich einer da, der im Alphabet vor mir kam, und der bisher krank gewesen war, und weil jemand ihm Platz machen mußte, war natürlich ich der, der es tat, weil eben mein Wille bereit war, sofort die Gelegenheit zu packen.«

»Ja«, sagte ich, »mir war es damals auch ganz eigentümlich. Von dem Augenblick an, wo wir uns füreinander interessierten, rücktest du mir immer näher. Aber wie war das? Anfangs kamst du doch nicht gleich neben mich zu sitzen, du saßest erst ein paarmal in der Bank da vor mir, nicht? Wie ging das zu?«

»Das war so: ich wußte selber nicht recht, wohin ich wollte, als ich von meinem ersten Platz weg begehrte. Ich wußte nur, daß ich weiter hinten sitzen wollte. Es war mein Wille, zu dir zu kommen, der mir aber noch nicht bewußt geworden war. Zugleich zog dein eigener Wille mit und half mir. Erst als ich dann da vor dir saß, kam ich darauf, daß mein Wunsch erst halb erfüllt sei – ich merkte, daß ich eigentlich nichts anderes begehrt hatte, als neben dir zu sitzen.«

»Aber damals ist kein Neuer eingetreten.«

»Nein, aber damals tat ich einfach, was ich wollte, und setzte mich kurzerhand neben dich. Der Junge, mit dem ich den Platz tauschte, war bloß verwundert und ließ mich machen. Und der Pfarrer merkte zwar einmal, daß es da eine Änderung gegeben habe – überhaupt, jedesmal, wenn er mit mir zu tun hat, plagt ihn heimlich etwas, er weiß nämlich, daß ich Demian heiße und daß es nicht stimmt, daß ich mit meinem D im Namen da ganz hinten unterm S sitze! Aber das dringt nicht bis in sein Bewußtsein, weil mein Wille dagegen ist und weil ich ihn immer wieder daran hindere. Er merkt es immer wieder einmal, daß da etwas nicht stimmt, und sieht mich an und fängt an zu studieren, der gute Herr. Ich habe da aber ein einfaches Mittel. Ich seh' ihm jedesmal ganz, ganz fest in die Augen. Das vertragen fast alle Leute schlecht. Sie werden alle unruhig. Wenn du von jemand etwas erreichen willst, und siehst ihm unerwartet ganz fest in die Augen, und er wird gar nicht unruhig, dann gib es auf! Du erreichst nichts bei ihm, nie! Aber das ist sehr selten. Ich weiß eigentlich bloß einen einzigen Menschen, bei dem es mir nicht hilft.«

»Wer ist das?« fragte ich schnell.

Er sah mich an, mit den etwas verkleinerten Augen, die er in der Nachdenklichkeit bekam. Dann blickte er weg und gab keine Antwort, und ich konnte, trotz heftiger Neugierde, die Frage nicht wiederholen.

Ich glaube aber, daß er damals von seiner Mutter sprach. – Mit ihr schien er sehr innig zu leben, sprach mir aber nie von ihr, nahm mich nie mit sich nach Hause. Ich wußte kaum, wie seine Mutter aussah.

Manchmal machte ich damals Versuche, es ihm gleichzutun und meinen Willen auf etwas so zusammenzuziehen, daß ich es erreichen müsse. Es waren Wünsche da, die mir dringend genug schienen. Aber es war nichts und ging nicht. Mit Demian davon zu sprechen, brachte ich nicht über mich. Was ich mir wünschte, hätte ich ihm nicht gestehen können. Und er fragte auch nicht.

Meine Gläubigkeit in den Fragen der Religion hatte inzwischen manche Lücken bekommen. Doch unterschied ich mich, in meinem durchaus von Demian beeinflußten Denken, sehr von denen meiner Mitschüler, welche einen völligen Unglauben aufzuweisen hatten. Es gab einige solche, und sie ließen gelegentlich Worte hören wie, daß es lächerlich und menschenunwürdig sei, an einen Gott zu glauben und Geschichten wie die von der Dreieinigkeit und von Jesu unbefleckter Geburt seien einfach zum Lachen, und es sei eine Schande, daß man heute noch mit diesem Kram hausieren gehe. So dachte ich keineswegs. Auch wo ich Zweifel hatte, wußte ich doch aus der ganzen Erfahrung meiner Kindheit genug von der Wirklichkeit eines frommen Lebens, wie es etwa meine Eltern führten, und daß dies weder etwas Unwürdiges noch geheuchelt sei. Vielmehr hatte ich vor dem Religiösen nach wie vor die tiefste Ehrfurcht. Nur hatte Demian mich daran gewöhnt, die Erzählungen und Glaubenssätze freier, persönlicher, spielerischer, phantasievoller anzusehen und auszudeuten; wenigstens folgte ich den Deutungen, die er mir nahelegte, stets gern und mit Genuß. Vieles freilich war mir zu schroff, so auch die Sache wegen Kain. Und einmal während des Konfirmationsunterrichtes erschreckte er mich durch eine Auffassung, die womöglich noch kühner war. Der Lehrer hatte von Golgatha gesprochen. Der biblische Bericht vom Leiden und Sterben des Heilandes hatte mir seit frühester Zeit tiefen Eindruck gemacht, manchmal als kleiner Knabe hatte ich, etwa am Karfreitag, nachdem mein Vater die Leidensgeschichte vorgelesen hatte, innig und ergriffen in dieser leidvoll schönen, bleichen, gespenstigen und doch ungeheuer lebendigen Welt gelebt, in Gethsemane und auf Golgatha, und beim Anhören der Matthäuspassion von Bach hatte mich der düster mächtige Leidensglanz dieser geheimnisvollen Welt mit allen mystischen Schauern überflutet. Ich finde heute noch in dieser Musik, und im »Actus tragicus«, den Inbegriff aller Poesie und alles künstlerischen Ausdrucks.

Nun sagte Demian am Schluß jener Stunde nachdenklich zu mir: »Da ist etwas, Sinclair, was mir nicht gefällt. Lies einmal die Geschichte nach und prüfe sie auf der Zunge, es ist da etwas, was fad schmeckt. Nämlich die Sache mit den beiden Schächern. Großartig wie da die drei Kreuze auf dem Hügel beieinander stehen! Aber nun diese sentimentale Traktätchengeschichte mit dem biederen Schächer! Erst war er ein Verbrecher und hat Schandtaten begangen, weiß Gott was alles, und nun schmilzt er dahin und feiert solche weinerliche Feste der Besserung und Reue! Was für einen Sinn hat solche Reue zwei Schritt vom Grabe weg, ich bitte dich? Es ist wieder einmal nichts als eine richtige Pfaffengeschichte, süßlich und unredlich, mit Schmalz der Rührung und höchst erbaulichem Hintergrund. Wenn du heute einen von den beiden Schächern zum Freund wählen müßtest oder dich besinnen, welchem von beiden du eher Vertrauen schenken könntest, so ist es doch ganz gewiß nicht dieser weinerliche Bekehrte. Nein, der andere ist's, der ist ein Kerl und hat Charakter. Er pfeift auf eine Bekehrung, die ja in seiner Lage bloß noch ein hübsches Gerede sein kann, er geht seinen Weg zu Ende und sagt sich nicht im letzten Augenblick feig vom Teufel los, der ihm bis dahin hat helfen müssen. Er ist ein Charakter, und die Leute von Charakter kommen in der biblischen Geschichte gern zu kurz. Vielleicht ist er auch ein Abkömmling von Kain. Meinst du nicht?«

Ich war sehr bestürzt. Hier in der Kreuzigungsgeschichte hatte ich ganz heimisch zu sein geglaubt und sah erst jetzt, wie wenig persönlich, mit wie wenig Vorstellungskraft und Phantasie ich sie angehört und gelesen hatte. Dennoch klang mir Demians neuer Gedanke fatal und drohte Begriffe in mir umzuwerfen, auf deren Bestehenbleiben ich glaubte halten zu müssen. Nein, so konnte man doch nicht mit allem und jedem umspringen, auch mit dem Heiligsten.

Er merkte meinen Widerstand, wie immer, sofort, noch ehe ich irgend etwas sagte.

»Ich weiß schon«, sagte er resigniert, »es ist die alte Geschichte. Nur nicht Ernst machen! Aber ich will dir etwas sagen –: hier ist einer von den Punkten, wo man den Mangel in dieser Religion sehr deutlich sehen kann. Es handelt sich darum, daß dieser ganze Gott, alten und neuen Bundes, zwar eine ausgezeichnete Figur ist, aber nicht das, was er doch eigentlich vorstellen soll. Er ist das Gute, das Edle, das Väterliche, das

Schöne und auch Hohe, das Sentimentale – ganz recht! Aber die Welt besteht auch aus anderem. Und das wird nun alles einfach dem Teufel zugeschrieben, und dieser ganze Teil der Welt, diese ganze Hälfte wird unterschlagen und totgeschwiegen. Gerade wie sie Gott als Vater alles Lebens rühmen, aber das ganze Geschlechtsleben, auf dem das Leben doch beruht, einfach totschweigen und womöglich für Teufelszeug und sündlich erklären! Ich habe nichts dagegen, daß man diesen Gott Jehova verehrt, nicht das mindeste. Aber ich meine, wir sollen Alles verehren und heilig halten, die ganze Welt, nicht bloß diese künstlich abgetrennte, offizielle Hälfte! Also müssen wir dann neben dem Gottesdienst auch einen Teufelsdienst haben. Das fände ich richtig. Oder aber, man müßte sich einen Gott schaffen, der auch den Teufel in sich einschließt, und vor dem man nicht die Augen zudrücken muß, wenn die natürlichsten Dinge von der Welt geschehen.«

Er war, gegen seine Art, beinahe heftig geworden, gleich darauf lächelte er jedoch wieder und drang nicht weiter in mich.

In mir aber trafen diese Worte das Rätsel meiner ganzen Knabenjahre, das ich jede Stunde in mir trug und von dem ich nie jemandem ein Wort gesagt hatte. Was Demian da über Gott und Teufel, über die göttlich-offizielle und die totgeschwiegene teuflische Welt gesagt hatte, das war ja genau mein eigener Gedanke, mein eigener Mythus, der Gedanke von den beiden Welten oder Welthälften – der lichten und der dunkeln. Die Einsicht, daß mein Problem ein Problem aller Menschen, ein Problem alles Lebens und Denkens sei, überflog mich plötzlich wie ein heiliger Schatten, und Angst und Ehrfurcht überkam mich, als ich sah und plötzlich fühlte, wie tief mein eigenstes, persönliches Leben und Meinen am ewigen Strom der großen Ideen teilhatte. Die Einsicht war nicht freudig, obwohl irgendwie bestätigend und beglückend. Sie war hart und schmeckte rauh, weil ein Klang von Verantwortlichkeit in ihr lag, von Nichtmehrkindseindürfen, von Alleinstehen.

Ich erzählte, zum erstenmal in meinem Leben ein so tiefes Geheimnis enthüllend, meinem Kameraden von meiner seit frühesten Kindertagen bestehenden Auffassung von den »zwei Welten«, und er sah sofort, daß damit mein tiefstes Fühlen ihm zustimmte und recht gab. Doch war es nicht seine Art, so etwas auszunützen. Er hörte mit tieferer Aufmerksamkeit zu, als er sie mir je geschenkt hatte, und sah mir in die Augen, bis ich die meinen abwenden mußte. Denn ich sah in seinem Blick wieder diese seltsame, tierhafte Zeitlosigkeit, dies unausdenkliche Alter.

»Wir reden ein andermal mehr davon«, sagte er schonend. »Ich sehe, du denkst mehr, als du einem sagen kannst. Wenn das nun so ist, dann weißt du aber auch, daß du nie ganz das gelebt hast, was du dachtest, und das ist nicht gut. Nur das Denken, das wir leben, hat einen Wert. Du hast gewußt, daß deine ›erlaubte Welt‹ bloß die Hälfte der Welt war, und du hast versucht, die zweite Hälfte dir zu unterschlagen, wie es die Pfarrer und Lehrer tun. Es wird dir nicht glücken! Es glückt keinem, wenn er einmal das Denken angefangen hat.«

Es traf mich tief.

»Aber«, schrie ich fast, »es gibt doch nun einmal tatsächlich und wirklich verbotene und häßliche Dinge, das kannst du doch nicht leugnen! Und die sind nun einmal verboten, und wir müssen auf sie verzichten. Ich weiß ja, daß es Mord und alle möglichen Laster gibt, aber soll ich denn, bloß weil es das gibt, hingehen und ein Verbrecher werden?«

»Wir werden heute nicht damit fertig«, begütigte Max. »Du sollst gewiß nicht totschlagen oder Mädchen lustmorden, nein. Aber du bist noch nicht dort, wo man einsehen kann, was ›erlaubt‹ und ›verboten‹ eigentlich heißt. Du hast erst ein Stück von der Wahrheit gespürt. Das andere kommt noch, verlaß dich drauf! Du hast jetzt zum Beispiel, seit einem Jahr etwa, einen Trieb in dir, der ist stärker als alle andern, und er gilt für ›verboten‹. Die Griechen und viele andere Völker haben im Gegenteil diesen Trieb zu einer Gottheit gemacht und ihn in großen Festen verehrt. ›Verboten‹ ist also nichts Ewiges, es kann wechseln. Auch heute darf ja jeder bei einer Frau schlafen, sobald er mit ihr beim Pfarrer gewesen ist und sie geheiratet hat. Bei andern Völkern ist das anders, auch heute noch. Darum muß jeder von uns für sich selber finden, was erlaubt und was verboten – ihm verboten ist. Man kann niemals etwas Verbotnes tun und kann ein großer Schuft dabei sein. Und ebenso umgekehrt. – Eigentlich ist es bloß eine Frage der Bequemlichkeit! Wer zu bequem ist, um selber zu denken und selber sein Richter zu sein, der fügt sich eben in die Verbote, wie sie nun einmal sind. Er hat es leicht. Andere spüren selber Gebote in sich, ihnen sind Dinge verboten, die jeder Ehrenmann täglich tut, und es sind ihnen andere Dinge erlaubt, die sonst verpönt sind. Jeder muß für sich selber stehen.«

Er schien plötzlich zu bereuen, so viel gesagt zu haben, und brach ab. Schon damals konnte ich mit dem Gefühl einigermaßen begreifen, was er dabei empfand. So angenehm und scheinbar obenhin er nämlich seine Einfälle vorzubringen pflegte, so konnte er doch ein Gespräch »nur um des Redens willen«, wie er einmal sagte, in den Tod nicht leiden. Bei mir aber spürte er, neben dem echten Interesse, zu viel Spiel, zu viel Freude am gescheiten Schwatzen, oder so etwas, kurz, einen Mangel an vollkommenem Ernst.

Wie ich das letzte Wort wieder lese, das ich geschrieben – »vollkommener Ernst« –, fällt eine andere Szene mir plötzlich wieder ein, die eindringlichste, die ich mit Max Demian in jenen noch halbkindlichen Zeiten erlebt habe.

Unsere Konfirmation kam heran, und die letzten Stunden des geistlichen Unterrichts handelten vom Abendmahl. Es war dem Pfarrer wichtig damit, und er gab sich Mühe, etwas von Weihe und Stimmung war in diesen Stunden wohl zu verspüren. Allein gerade in diesen paar letzten Unterweisungsstunden waren meine Gedanken an anderes gebunden, und zwar an die Person meines Freundes. Indem ich der Konfirmation entgegensah, die uns als die feierliche Aufnahme in die Gemeinschaft der Kirche erklärt wurde, drängte sich mir unabweislich der Gedanke auf, daß für mich der Wert dieser etwa halbjährigen Religionsunterweisung nicht in dem liege, was wir hier gelernt hatten, sondern in der Nähe und dem Einfluß Demians. Nicht in die Kirche war ich nun bereit aufgenommen zu werden, sondern in etwas ganz anderes, in einen Orden des Gedankens und der Persönlichkeit, der irgendwie auf Erden existieren mußte und als dessen Vertreter oder Boten ich meinen Freund empfand.

Ich suchte diesen Gedanken zurückzudrängen, es war mir Ernst damit, die Feier der Konfirmation, trotz allem, mit einer gewissen Würde zu erleben, und diese schien sich mit meinem neuen Gedanken wenig zu vertragen. Doch ich mochte tun, was ich wollte, der Gedanke war da, und er verband sich mir allmählich mit dem an die nahe kirchliche Feier, ich war bereit, sie anders zu begehen als die andern, sie sollte für mich die Aufnahme in eine Gedankenwelt bedeuten, wie ich sie in Demian kennengelernt hatte.

In jenen Tagen war es, daß ich wieder einmal lebhaft mit ihm disputierte; es war gerade vor einer Unterweisungsstunde. Mein Freund war zugeknöpft und hatte keine Freude an meinen Reden, die wohl ziemlich altklug und wichtigtuerisch waren.

»Wir reden zu viel«, sagte er mit ungewohntem Ernst. »Das kluge Reden hat gar keinen Wert, gar keinen. Man kommt nur von sich selber weg. Von sich selber wegkommen ist Sünde. Man muß sich in sich selber völlig verkriechen können wie eine Schildkröte.«

Gleich darauf betraten wir den Schulsaal. Die Stunde begann, ich gab mir Mühe aufzumerken, und Demian störte mich darin nicht. Nach einer Weile begann ich von der Seite her, wo er neben mir saß, etwas Eigentümliches zu spüren, eine Leere oder Kühle oder etwas dergleichen, so, als sei der Platz unversehens leer geworden. Als das Gefühl beengend zu werden anfing, drehte ich mich um.

Da sah ich meinen Freund sitzen, aufrecht und in guter Haltung wie sonst. Aber er sah dennoch ganz anders aus als sonst, und etwas ging von ihm aus, etwas umgab ihn, was ich nicht kannte. Ich glaubte, er habe die Augen geschlossen, sah aber, daß er sie offen hielt. Sie blickten aber nicht, sie waren nicht sehend, sie waren starr und nach innen oder in eine große Ferne gewendet. Vollkommen regungslos saß er da, auch zu atmen schien er nicht, sein Mund war wie aus Holz oder Stein geschnitten. Sein Gesicht war blaß, gleichmäßig bleich, wie ein Stein, und die braunen Haare waren das Lebendigste an ihm. Seine Hände lagen vor ihm auf der Bank, leblos und still wie Gegenstände, wie Steine oder Früchte, bleich und regungslos, doch nicht schlaff, sondern wie feste, gute Hüllen um ein verborgnes starkes Leben.

Der Anblick machte mich zittern. Er ist tot! dachte ich, beinahe sagte ich es laut. Aber ich wußte, daß er nicht tot sei. Ich hing mit gebanntem Blick an seinem Gesicht, an dieser blassen, steinernen Maske, und ich fühlte: das war Demian! Wie er sonst war, wenn er mit mir ging und sprach, das war nur ein halber Demian, einer, der zeitweilig eine Rolle spielte, sich anbequemte, aus Gefälligkeit mittat. Der wirkliche Demian aber sah so aus, so wie dieser, so steinern, uralt, tierhaft, steinhaft, schön und kalt, tot und heimlich voll von unerhörtem Leben. Und um ihn her diese stille Leere, dieser Äther und Sternenraum, dieser einsame Tod!

Jetzt ist der ganz in sich hineingegangen, fühlte ich

unter Schauern. Nie war ich so vereinsamt gewesen. Ich hatte nicht teil an ihm, er war mir unerreichbar, er war mir ferner, als wenn er auf der fernsten Insel der Welt gewesen wäre.

Ich begriff kaum, daß niemand außer mir es sehe! Alle mußten hersehen, alle mußten aufschauern! Aber niemand gab acht auf ihn. Er saß bildhaft und, wie ich denken mußte, götzenhaft steif, eine Fliege setzte sich auf seine Stirn, lief langsam über Nase und Lippen hinweg – er zuckte mit keiner Falte.

Wo, wo war er jetzt? Was dachte er, was fühlte er? War er in einem Himmel, in einer Hölle?

Es war mir nicht möglich, ihn darüber zu fragen. Als ich ihn, am Ende der Stunde, wieder leben und atmen sah, als sein Blick meinem begegnete, war er wie früher. Wo kam er her? Wo war er gewesen? Er schien müde. Sein Gesicht hatte wieder Farbe, seine Hände bewegten sich wieder, das braune Haar aber war jetzt glanzlos und wie ermüdet.

In den folgenden Tagen gab ich mich in meinem Schlafzimmer mehrmals einer neuen Übung hin: ich setzte mich steil auf einen Stuhl, machte die Augen starr, hielt mich vollkommen regungslos und wartete, wie lange ich es aushalten und was ich dabei empfinden werde. Ich wurde jedoch bloß müde und bekam ein heftiges Jucken in den Augenlidern.

Bald nachher war die Konfirmation, an welche mir keine wichtigen Erinnerungen geblieben sind.

Es wurde nun alles anders. Die Kindheit fiel um mich her in Trümmer. Die Eltern sahen mich mit einer gewissen Verlegenheit an. Die Schwestern waren mir ganz fremd geworden. Eine Ernüchterung verfälschte und verblaßte mir die gewohnten Gefühle und Freuden, der Garten war ohne Duft, der Wald lockte nicht, die Welt stand um mich her wie ein Ausverkauf alter Sachen, fad und reizlos, die Bücher waren Papier, die Musik war ein Geräusch. So fällt um einen herbstlichen Baum her das Laub, er fühlt es nicht, Regen rinnt an ihm herab, oder Sonne, oder Frost, und in ihm zieht das Leben sich langsam ins Engste und Innerste zurück. Er stirbt nicht. Er wartet.

Es war beschlossen worden, daß ich nach den Ferien in eine andere Schule und zum ersten Male von Hause fortkommen sollte. Zuweilen näherte sich mir die Mutter mit besonderer Zärtlichkeit, im voraus Abschied nehmend, bemüht, mir Liebe, Heimweh und Unvergeßlichkeit ins Herz zu zaubern. Demian war verreist. Ich war allein.

Viertes Kapitel
Beatrice

Ohne meinen Freund wiedergesehen zu haben, fuhr ich am Ende der Ferien nach St. Meine Eltern kamen beide mit und übergaben mich mit jeder möglichen Sorgfalt dem Schutz einer Knabenpension bei einem Lehrer des Gymnasiums. Sie wären vor Entsetzen erstarrt, wenn sie gewußt hätten, in was für Dinge sie mich nun hineinwandern ließen.

Die Frage war noch immer, ob mit der Zeit aus mir ein guter Sohn und brauchbarer Bürger werden könne, oder ob meine Natur auf andere Wege hindränge. Mein letzter Versuch, im Schatten des väterlichen Hauses und Geistes glücklich zu sein, hatte lange gedauert, war zeitweise nahezu geglückt, und schließlich doch völlig gescheitert.

Die merkwürdige Leere und Vereinsamung, die ich während der Ferien nach meiner Konfirmation zum erstenmal zu fühlen bekam (wie lernte ich sie später noch kennen, diese Leere, diese dünne Luft!), ging nicht so rasch vorüber. Der Abschied von der Heimat gelang sonderbar leicht, ich schämte mich eigentlich, daß ich nicht wehmütiger war, die Schwestern weinten grundlos, ich konnte es nicht. Ich war über mich selbst erstaunt. Immer war ich ein gefühlvolles Kind gewesen, und im Grund ein ziemlich gutes Kind. Jetzt war ich ganz verwandelt. Ich verhielt mich völlig gleichgültig gegen die äußere Welt und war tagelang nur damit beschäftigt, in mich hineinzuhorchen und die Ströme zu hören, die verbotenen und dunklen Ströme, die da in mir unterirdisch rauschten. Ich war sehr rasch gewachsen, erst im letzten halben Jahre, und sah aufgeschossen, mager und unfertig in die Welt. Die Liebenswürdigkeit des Knaben war ganz von mir geschwunden, ich fühlte selbst, daß man mich so nicht lieben könne, und liebte mich selber auch keineswegs. Nach Max Demian hatte ich oft große Sehnsucht; aber nicht selten haßte ich auch ihn und gab ihm schuld an der Verarmung meines Lebens, die ich wie eine häßliche Krankheit auf mich nahm.

In unserem Schülerpensionat wurde ich anfangs weder geliebt noch geachtet, man hänselte mich erst, zog sich dann von mir zurück und sah einen Duckmäuser und unangenehmen Sonderling in mir. Ich gefiel mir in der Rolle, übertrieb sie noch, und grollte mich in eine Einsamkeit hinein, die nach außen beständig wie männlichste Weltverachtung aussah, während ich heimlich oft verzehrenden Anfällen von Wehmut und Verzweiflung unterlag. In der Schule hatte ich an aufgehäuften Kenntnissen von Zuhause zu zehren, die Klasse war etwas gegen meine frühere zurück, und ich gewöhnte mir an, meine Altersgenossen etwas verächtlich als Kinder anzusehen.

Ein Jahr und länger lief das so dahin, auch die ersten Ferienbesuche zu Hause brachten keine neuen Klänge; ich fuhr gerne wieder weg.

Es war zu Beginn des November. Ich hatte mir angewöhnt, bei jedem Wetter kleine, denkerische Spaziergänge zu machen, auf denen ich oft eine Art von Wonne genoß, eine Wonne voll Melancholie, Weltverachtung und Selbstverachtung. So schlenderte ich eines Abends in der feuchten, nebligen Dämmerung durch die Umgebung der Stadt, die breite Allee eines öffentlichen Parkes stand völlig verlassen und lud mich ein, der Weg lag dick voll gefallener Blätter, in denen ich mit dunkler Wollust mit den Füßen wühlte, es roch feucht und bitter, die fernen Bäume traten gespenstisch groß und schattenhaft aus den Nebeln.

Am Ende der Allee blieb ich unschlüssig stehen, starrte in das schwarze Laub und atmete mit Gier den nassen Duft von Verwitterung und Absterben, den etwas in mir erwiderte und begrüßte. O wie fad das Leben schmeckte!

Aus einem Nebenwege kam im wehenden Kragenmantel ein Mensch daher, ich wollte weitergehen, da rief er mich an.

»Halloh, Sinclair!«

Er kam heran, es war Alfons Beck, der Älteste unserer Pension. Ich sah ihn immer gern und hatte nichts gegen ihn, als daß er mit mir wie mit allen Jüngeren immer ironisch und onkelhaft war. Er galt für bärenstark, sollte den Herrn unsrer Pension unter dem Pantoffel haben und war der Held vieler Gymnasiastengerüchte.

»Was machst du denn hier?« rief er leutselig mit dem Ton, den die Größeren hatten, wenn sie gelegentlich sich zu einem von uns herabließen. »Na, wollen wir wetten, du machst Gedichte?«

»Fällt mir nicht ein«, lehnte ich barsch ab.

Er lachte auf, ging neben mir und plauderte, wie ich es gar nicht mehr gewohnt war.

»Du brauchst nicht Angst zu haben, Sinclair, daß ich das etwa nicht verstehe. Es hat ja etwas, wenn man so am Abend im Nebel geht, so mit Herbstgedanken, man macht dann gern Gedichte, ich weiß schon. Von der sterbenden Natur, natürlich, und von der verlorenen Jugend, die ihr gleicht. Siehe Heinrich Heine.«

»Ich bin nicht so sentimental«, wehrte ich mich.

»Na, laß gut sein! Aber bei diesem Wetter scheint mir, tut der Mensch gut, einen stillen Ort zu suchen, wo es ein Glas Wein oder dergleichen gibt. Kommst du ein bißchen mit? Ich bin gerade ganz allein. – Oder magst du nicht? Deinen Verführer möchte ich nicht machen, Lieber, falls du ein Musterknabe sein solltest.«

Bald darauf saßen wir in einer kleinen Vorstadtkneipe, tranken einen zweifelhaften Wein und stießen mit den dicken Gläsern an. Es gefiel mir zuerst wenig, immerhin war es etwas Neues. Bald aber wurde ich, des Weines ungewohnt, sehr gesprächig. Es war, als sei ein Fenster in mir aufgestoßen, die Welt schien herein – wie lang, wie furchtbar lang hatte ich mir nichts von der Seele geredet! Ich kam ins Phantasieren, und mitten drinne gab ich die Geschichte von Kain und Abel zum besten!

Beck hörte mir mit Vergnügen zu – endlich jemand, dem ich etwas gab! Er klopfte mir auf die Schulter, er nannte mich einen Teufelskerl und mir schwoll das Herz hoch auf vor Wonne, angestaute Bedürfnisse der Rede und Mitteilung schwelgerisch hinströmen zu lassen, anerkannt zu sein und bei einem Älteren etwas zu gelten. Als er mich ein geniales Luder nannte, lief mir das Wort wie ein süßer, starker Wein in die Seele. Die Welt brannte in neuen Farben, Gedanken flossen mir aus hundert kecken Quellen zu, Geist und Feuer lohte in mir. Wir sprachen über Lehrer und Kameraden, und mir schien, wir verstünden einander herrlich. Wir sprachen von den Griechen und vom Heidentum, und Beck wollte mich durchaus zu Geständnissen über Liebesabenteuer bringen. Da konnte ich nun nicht mitreden. Erlebt hatte ich nichts, nichts zum Erzählen. Und was ich in mir gefühlt, konstruiert, phantasiert hatte, das saß zwar brennend in mir, war aber auch durch den Wein nicht gelöst und mitteilbar geworden. Von den Mädchen wußte Beck viel mehr, und ich hörte diesen Märchen glühend zu. Unglaubliches erfuhr ich da, nie für möglich Gehaltenes trat in die platte Wirklichkeit, schien selbstverständlich. Alfons Beck hatte mit seinen vielleicht achtzehn Jahren schon Erfahrungen gesammelt. Unter anderen die, daß es mit den Mädchen so eine Sache sei, sie wollten nichts als Schöntun und Galanterien haben, und das war ja ganz hübsch, aber doch nicht das Wahre. Da sei mehr Erfolg bei Frauen zu hoffen. Frauen seien viel gescheiter. Zum Beispiel die Frau Jaggelt, die den Laden mit den Schulheften und Bleistiften hatte, mit der ließe sich reden, und was hinter ihrem Ladentisch schon alles geschehen sei, das gehe in kein Buch.

Ich saß tiefbezaubert und benommen. Allerdings, ich hätte die Frau Jaggelt nicht gerade lieben können – aber immerhin, es war unerhört. Es schienen da Quellen zu fließen, wenigstens für die Älteren, von denen ich nie geträumt hatte. Ein falscher Klang war ja dabei, und es schmeckte alles geringer und alltäglicher, als nach meiner Meinung die Liebe schmecken durfte, – aber immerhin, es war Wirklichkeit, es war Leben und Abenteuer, es saß einer neben mir, der es erlebt hatte, dem es selbstverständlich schien.

Unsere Gespräche waren ein wenig herabgestiegen, hatten etwas verloren. Ich war auch nicht mehr der geniale, kleine Kerl, ich war jetzt bloß noch ein Knabe, der einem Manne zuhörte. Aber auch so noch – gegen das, was seit Monaten und Monaten mein Leben gewesen war, war dies köstlich, war dies paradiesisch. Außerdem war es, wie ich erst allmählich zu fühlen begann, verboten, sehr verboten, vom Wirtshaussitzen bis zu dem, was wir sprachen. Ich jedenfalls schmeckte Geist, schmeckte Revolution darin.

Ich erinnere mich jener Nacht mit größter Deutlichkeit. Als wir beide, spät an trüb brennenden Gaslaternen vorbei, in der kühlen nassen Nacht unsern Heimweg nahmen, war ich zum erstenmal betrunken. Es war nicht schön, es war äußerst qualvoll, und doch hatte auch das noch etwas, einen Reiz, eine Süßigkeit, war Aufstand und Orgie, war Leben und Geist. Beck nahm sich meiner tapfer an, obwohl er bitter über mich als blutigen Anfänger schalt, und er brachte mich, halb getragen, nach Hause, wo es ihm gelang, mich und sich durch ein offenstehendes Flurfenster einzuschmuggeln.

Mit der Ernüchterung aber, zu der ich nach ganz kurzem totem Schlaf mit Schmerzen erwachte, kam ein unsinniges Weh über mich. Ich saß im Bette auf, hatte das Taghemd noch an, meine Kleider und Schuhe lagen am Boden umher und rochen nach Tabak und Erbrochenem, und zwischen Kopfweh, Übelkeit und rasendem Durstgefühl kam mir ein Bild vor die Seele, dem ich lange nicht mehr ins Auge gesehen hatte. Ich sah Heimat und Elternhaus, Vater und Mutter, Schwestern und Garten, ich sah mein stilles, heimatliches Schlafzimmer, sah die Schule und den Marktplatz, sah Demian und die Konfirmationsstunden – und alles dies war licht, alles war von Glanz umflossen, alles war wunderbar, göttlich und rein, und alles, alles das hatte – so wußte ich jetzt – noch gestern, noch vor Stunden, mir gehört, auf mich gewartet und war jetzt, erst jetzt in dieser Stunde, versunken und verflucht, gehörte mir nicht mehr, stieß mich aus, sah mit Ekel auf mich! Alles Liebe und Innige, was ich je bis in fernste, goldenste Kindheitsgärten zurück von meinen Eltern erfahren hatte, jeder Kuß der Mutter, jede Weihnacht, jeder fromme, helle Sonntagmorgen daheim, jede Blume im Garten – alles war verwüstet, alles hatte ich mit Füßen getreten! Wenn jetzt Häscher gekommen wären und hätten mich gebunden und als Auswurf und Tempelschänder zum Galgen geführt, ich wäre einverstanden gewesen, wäre gern gegangen, hätte es richtig und gut gefunden.

Also so sah ich innerlich aus! Ich, der herumging und die Welt verachtete! Ich, der stolz im Geist war und Gedanken Demians mitdachte! So sah ich aus, ein Auswurf und Schweinigel, betrunken und beschmutzt, ekelhaft und gemein, eine wüste Bestie, von scheußlichen Trieben überrumpelt! So sah ich aus, ich, der aus jenen Gärten kam, wo alles Reinheit, Glanz und holde Zartheit war, ich, der ich Musik von Bach und schöne Gedichte geliebt hatte! Ich hörte noch mit Ekel und Empörung mein eigenes Lachen, ein betrunkenes, unbeherrschtes, stoßweis und albern herausbrechendes Lachen. Das war ich!

Trotz allem aber war es beinahe ein Genuß, diese Qualen zu leiden. So lange war ich blind und stumpf dahingekrochen, so lange hatte mein Herz geschwiegen und verarmt im Winkel gesessen, daß auch diese Selbstanklagen, dieses Grauen, dies ganze scheußliche Gefühl der Seele willkommen war. Es war doch Gefühl, es stiegen doch Flammen, es zuckte doch Herz darin! Verwirrt empfand ich mitten im Elend etwas wie Befreiung und Frühling.

Indessen ging es, von außen gesehen, tüchtig bergab mit mir. Der erste Rausch war bald nicht mehr der erste. Es wurde an unsrer Schule viel gekneipt und Allotria getrieben, ich war einer der Allerjüngsten unter denen, die mittaten, und bald war ich kein Geduldeter und Kleiner mehr, sondern ein Anführer und Stern, ein berühmter, waghalsiger Kneipenbesucher. Ich gehörte wieder einmal ganz der dunkeln Welt, dem Teufel an, und ich galt in dieser Welt als ein famoser Kerl.

Dabei war mir jammervoll zumute. Ich lebte in einem selbstzerstörerischen Orgiasmus dahin, und während ich bei den Kameraden für einen Führer und Teufelskerl, für einen verflucht schneidigen und witzigen Burschen galt, hatte ich tief in mir eine angstvolle Seele voller Bangnis flattern. Ich weiß noch, daß mir einmal die Tränen kamen, als ich beim Verlassen einer Kneipe am Sonntagvormittag auf der Straße Kinder spielen sah, hell und vergnügt mit frischgekämmtem Haar und in Sonntagskleidern. Und während ich, zwischen Bierlachen an schmutzigen Tischen geringer Wirtshäuser, meine Freunde durch unerhörte Zynismen belustigte und oft erschreckte, hatte ich im verborgenen Herzen Ehrfurcht vor allem, was ich verhöhnte, und lag innerlich weinend auf den Knien vor meiner Seele, vor meiner Vergangenheit, vor meiner Mutter, vor Gott.

Daß ich niemals eins wurde mit meinen Begleitern, daß ich unter ihnen einsam blieb und darum so leiden konnte, das hatte einen guten Grund. Ich war ein Kneipenheld und Spötter nach dem Herzen der Rohesten, ich zeigte Geist und zeigte Mut in meinen Gedanken und Reden über Lehrer, Schule, Eltern, Kirche – ich hielt auch Zoten stand und wagte etwa selber eine – aber ich war niemals dabei, wenn meine Kumpane zu Mädchen gingen, ich war allein und war voll glühender Sehnsucht nach Liebe, hoffnungsloser Sehnsucht, während ich nach meinen Reden ein abgebrühter Genießer hätte sein müssen. Niemand war verletzlicher, niemand schamhafter als ich. Und wenn ich je und je die jungen Bürgermädchen vor mir gehen sah, hübsch und sauber, licht und anmutig, waren sie mir wunderbare, reine Träume, tausendmal zu gut und rein für mich. Eine Zeitlang konnte ich auch nicht mehr in den Papierladen der Frau Jaggelt gehen, weil ich rot wurde, wenn ich sie ansah und an das dachte, was Alfons Beck mir von ihr erzählt hatte.

Je mehr ich nun auch in meiner neuen Gesellschaft mich fortwährend einsam und anders wußte, desto weniger kam ich von ihr los. Ich weiß wirklich nicht mehr, ob das Saufen und Renommieren mir eigentlich jemals Vergnügen machte, auch gewöhnte ich mich an das Trinken niemals so, daß ich nicht jedesmal peinliche Folgen gespürt hätte. Es war alles wie ein Zwang. Ich tat, was ich mußte, weil ich sonst durchaus nicht wußte, was mit mir beginnen. Ich hatte Furcht vor langem Alleinsein, hatte Angst vor den vielen zarten, schamhaften, innigen Anwandlungen, zu denen ich mich stets geneigt fühlte, hatte Angst vor den zarten Liebesgedanken, die mir so oft kamen.

Eines fehlte mir am meisten – ein Freund. Es gab zwei oder drei Mitschüler, die ich sehr gerne sah. Aber sie gehörten zu den Braven, und meine Laster waren längst niemandem mehr ein Geheimnis. Sie mieden mich. Ich galt bei allen für einen hoffnungslosen Spieler, dem der Boden unter den Füßen wankte. Die Lehrer wußten viel von mir, ich war mehrmals streng bestraft worden, meine schließliche Entlassung aus der Schule war etwas, worauf man wartete. Ich selbst wußte das, ich war auch schon lange kein guter Schüler mehr, sondern drückte und schwindelte mich mühsam durch, mit dem Gefühl, daß das nicht mehr lange dauern könne.

Es gibt viele Wege, auf denen der Gott uns einsam machen und zu uns selber führen kann. Diesen Weg ging er damals mit mir. Es war wie ein arger Traum. Über Schmutz und Klebrigkeit, über zerbrochene Biergläser und zynisch durchschwatzte Nächte weg sehe ich mich, einen gebannten Träumer, ruhelos und gepeinigt kriechen, einen häßlichen und unsaubern Weg. Es gibt solche Träume, in denen man, auf dem Weg zur Prinzessin, in Kotlachen in Hintergassen voll Gestank und Unrat steckenbleibt. So ging es mir. Auf diese wenig feine Art war es mir beschieden, einsam zu werden und zwischen mich und die Kindheit ein verschlossenes Edentor mit erbarmungslos strahlenden Wächtern zu bringen. Es war ein Beginn, ein Erwachen des Heimwehs nach mir selber.

Ich erschrak noch und hatte Zuckungen, als zum erstenmal, durch Briefe meines Pensionsherrn alarmiert, mein Vater in St. erschien und mir unerwartet gegenübertrat. Als er, gegen Ende jenes Winters, zum zweitenmal kam, war ich schon hart und gleichgültig, ließ ihn schelten, ließ ihn bitten, ließ ihn an die Mutter erinnern. Er war zuletzt sehr aufgebracht und sagte, wenn ich nicht anders werde, lasse er mich mit Schimpf und Schande von der Schule jagen und stecke mich in eine Besserungsanstalt. Mochte er! Als er damals abreiste, tat er mir leid, aber er hatte nichts erreicht, er hatte keinen Weg mehr zu mir gefunden, und für Augenblicke fühlte ich, es geschehe ihm recht.

Was aus mir würde, war mir einerlei. Auf meine sonderbare und wenig hübsche Art, mit meinem Wirtshaussitzen und Auftrumpfen lag ich im Streit mit der Welt, dies war meine Form zu protestieren. Ich machte mich dabei kaputt, und zuweilen sah für mich die Sache etwa so aus: wenn die Welt Leute wie mich nicht brauchen konnte, wenn sie für sie keinen bessern Platz, keine höhern Aufgaben hatte, nun so gingen die Leute wie ich eben kaputt. Mochte die Welt den Schaden haben.

Die Weihnachtsferien jenes Jahres waren recht unerfreulich. Meine Mutter erschrak, als sie mich wiedersah. Ich war noch mehr gewachsen, und mein hageres Gesicht sah grau und verwüstet aus, mit schlaffen Zügen und entzündeten Augenrändern. Der erste Anflug des Schnurrbartes und die Brille, die ich seit kurzem trug, machten mich ihr noch fremder. Die Schwestern wichen zurück und kicherten. Es war alles unerquicklich. Unerquicklich und bitter das Gespräch mit dem Vater in dessen Studierzimmer, unerquicklich das Begrüßen der paar Verwandten, unerquicklich vor allem der Weihnachtsabend. Das war, seit ich lebte, in unserm Hause der große Tag gewesen, der Abend der Festlichkeit und Liebe, der Dankbarkeit, der Erneuerung des Bundes zwischen den Eltern und mir. Diesmal war alles nur bedrückend und verlegenmachend. Wie sonst las mein Vater das Evangelium von den Hirten auf dem Felde, »die hüteten allda ihre Herde«, wie sonst standen die Schwestern strahlend vor ihrem Gabentisch, aber die Stimme des Vaters klang unfroh, und sein Gesicht sah alt und beengt aus, und die Mutter war traurig, und mir war alles gleich peinlich und unerwünscht, Gaben und Glückwünsche, Evangelium und Lichterbaum. Die Lebkuchen rochen süß und strömten dichte Wolken süßerer Erinnerungen aus. Der Tannenbaum duftete und erzählte von Dingen, die nicht mehr waren. Ich sehnte das Ende des Abends und der Feiertage herbei.

Es ging den ganzen Winter so weiter. Erst vor kurzem war ich eindringlich vom Lehrersenat verwarnt und mit dem Ausschluß bedroht worden. Es würde nicht lang mehr dauern. Nun, meinetwegen.

Einen besonderen Groll hatte ich gegen Max Demian. Den hatte ich nun die ganze Zeit nicht mehr gesehen. Ich hatte ihm, am Beginn meiner Schülerzeit in St., zweimal geschrieben, aber keine Antwort bekommen; darum hatte ich ihn auch in den Ferien nicht besucht.

In demselben Park, wo ich im Herbst mit Alfons Beck zusammengetroffen war, geschah es im beginnenden Frühling, als eben die Dornhecken grün zu werden anfingen, daß ein Mädchen mir auffiel. Ich war allein spazierengegangen, voll von widerlichen Gedanken und Sorgen, denn meine Gesundheit war schlecht geworden, und außerdem war ich beständig in Geldverlegenheiten, war Kameraden Beträge schuldig, mußte notwendige Ausgaben erfinden, um wieder etwas von Hause zu erhalten, und hatte in mehreren Läden Rechnungen für Zigarren und ähnliche Dinge anwachsen lassen. Nicht daß diese Sorgen sehr tief gegangen wären – wenn nächstens einmal mein Hiersein sein Ende nahm und ich ins Wasser ging oder in die Besserungsanstalt gebracht wurde, dann kam es auf diese paar Kleinigkeiten auch nimmer an. Aber ich lebte doch immerzu Aug' in Auge mit solchen unschönen Sachen und litt darunter.

An jenem Frühlingstag im Park begegnete mir eine junge Dame, die mich sehr anzog. Sie war groß und schlank, elegant gekleidet und hatte ein kluges Knabengesicht. Sie gefiel mir sofort, sie gehörte dem Typ an, den ich liebte, und sie begann meine Phantasien zu beschäftigen. Sie war wohl kaum viel älter als ich, aber viel fertiger, elegant und wohl umrissen, schon fast ganz Dame, aber mit einem Anflug von Übermut und Jungenhaftigkeit im Gesicht, den ich überaus gern hatte.

Es war mir nie geglückt, mich einem Mädchen zu nähern, in das ich verliebt war, und es glückte mir auch bei dieser nicht. Aber der Eindruck war tiefer als alle früheren, und der Einfluß dieser Verliebtheit auf mein Leben war gewaltig.

Plötzlich hatte ich wieder ein Bild vor mir stehen, ein hohes und verehrtes Bild – ach, und kein Bedürfnis, kein Drang war so tief und heftig in mir wie der Wunsch nach Ehrfurcht und Anbetung! Ich gab ihr den Namen Beatrice, denn von ihr wußte ich, ohne Dante gelesen zu haben, aus einem englischen Gemälde, dessen Reproduktion ich mir aufbewahrt hatte. Dort war es eine englisch-präraffaelitische Mädchenfigur, sehr langgliedrig und schlank mit schmalem, langem Kopf und vergeistigten Händen und Zügen. Mein schönes, junges Mädchen glich ihr nicht ganz, obwohl auch sie diese Schlankheit und

Knabenhaftigkeit der Formen zeigte, die ich liebte, und etwas von der Vergeistigung oder Beseelung des Gesichts.

Ich habe mit Beatrice nicht ein einziges Wort gesprochen. Dennoch hat sie damals den tiefsten Einfluß auf mich geübt. Sie stellte ihr Bild vor mir auf, sie öffnete mir ein Heiligtum, sie machte mich zum Beter in einem Tempel. Von einem Tag auf den andern blieb ich von den Kneipereien und nächtlichen Streifzügen weg. Ich konnte wieder allein sein, ich las wieder gern, ich ging wieder gern spazieren.

Die plötzliche Bekehrung trug mir Spott genug ein. Aber ich hatte nun etwas zu lieben und anzubeten, ich hatte wieder ein Ideal, das Leben war wieder voll von Ahnung und bunt geheimnisvoller Dämmerung – das machte mich unempfindlich. Ich war wieder bei mir selbst zu Hause, obwohl nur als Sklave und Dienender eines verehrten Bildes.

An jene Zeit kann ich nicht ohne eine gewisse Rührung denken. Wieder versuchte ich mit innigstem Bemühen, aus Trümmern einer zusammengebrochenen Lebensperiode mir eine »lichte Welt« zu bauen, wieder lebte ich ganz in dem einzigen Verlangen, das Dunkle und Böse in mir abzutun und völlig im Lichten zu weilen, auf Knien vor Göttern. Immerhin war diese jetzige »lichte Welt« einigermaßen meine eigene Schöpfung; es war nicht mehr ein Zurückfliehen und Unterkriechen zur Mutter und verantwortungslosen Geborgenheit, es war ein neuer, von mir selbst erfundener und geforderter Dienst, mit Verantwortlichkeit und Selbstzucht. Die Geschlechtlichkeit, unter der ich litt und vor der ich immer und immer auf der Flucht war, sollte nun in diesem heiligen Feuer zu Geist und Andacht verklärt werden. Es durfte nichts Finsteres mehr, nichts Häßliches geben, keine durchstöhnten Nächte, kein Herzklopfen vor unzüchtigen Bildern, kein Lauschen an verbotenen Pforten, keine Lüsternheit. Statt alles dessen richtete ich meinen Altar ein, mit dem Bilde Beatricens, und indem ich mich ihr weihte, weihte ich mich dem Geist und den Göttern. Den Lebensanteil, den ich den finsteren Mächten entzog, brachte ich den lichten zum Opfer. Nicht Lust war mein Ziel, sondern Reinheit, nicht Glück, sondern Schönheit und Geistigkeit.

Dieser Kult der Beatrice änderte mein Leben ganz und gar. Gestern noch ein frühreifer Zyniker, war ich jetzt ein Tempeldiener, mit dem Ziel, ein Heiliger zu werden. Ich tat nicht nur das üble Leben ab, an das ich mich gewöhnt hatte, ich suchte alles zu ändern, suchte Reinheit, Adel und Würde in alles zu bringen, dachte hieran in Essen und Trinken, Sprache und Kleidung. Ich begann den Morgen mit kalten Waschungen, zu denen ich mich anfangs schwer zwingen mußte. Ich benahm mich ernst und würdig, trug mich aufrecht und machte meinen Gang langsamer und würdiger. Für Zuschauer mag es komisch ausgesehen haben – bei mir innen war es lauter Gottesdienst.

Von all den neuen Übungen, in denen ich Ausdruck für meine neue Gesinnung suchte, wurde eine mir wichtig. Ich begann zu malen. Es fing damit an, daß das englische Beatricebild, das ich besaß, jenem Mädchen nicht ähnlich genug war. Ich wollte versuchen, sie für mich zu malen. Mit einer ganz neuen Freude und Hoffnung trug ich in meinem Zimmer – ich hatte seit kurzem ein eigenes – schönes Papier, Farben und Pinsel zusammen, machte Palette, Glas, Porzellanschalen, Bleistifte zurecht. Die feinen Temperafarben in kleinen Tuben, die ich gekauft hatte, entzückten mich. Es war ein feuriges Chromoxydgrün dabei, das ich noch zu sehen meine, wie es erstmals in der kleinen, weißen Schale aufleuchtete.

Ich begann mit Vorsicht. Ein Gesicht zu malen, war schwer, ich wollte es erst mit anderem probieren. Ich malte Ornamente, Blumen und kleine phantasierte Landschaften, einen Baum bei einer Kapelle, eine römische Brücke mit Zypressen. Manchmal verlor ich mich ganz in dies spielende Tun, war glücklich wie ein Kind mit einer Farbenschachtel. Schließlich aber begann ich, Beatrice zu malen.

Einige Blätter mißglückten ganz und wurden weggetan. Je mehr ich mir das Gesicht des Mädchens vorzustellen suchte, das ich je und je auf der Straße antraf, desto weniger wollte es gehen. Schließlich tat ich darauf Verzicht und begann einfach ein Gesicht zu malen, der Phantasie und den Führungen folgend, die sich aus dem Begonnenen, aus Farbe und Pinsel von selber ergaben. Es war ein geträumtes Gesicht, das dabei herauskam, und ich war nicht unzufrieden damit. Doch setzte ich den Versuch sogleich fort, und jedes neue Blatt sprach etwas deutlicher, kam dem Typ näher, wenn auch keineswegs der Wirklichkeit.

Mehr und mehr gewöhnte ich mich daran, mit träumerischem Pinsel Linien zu ziehen und Flächen zu füllen, die ohne Vorbild waren, die sich aus spielendem Tasten, aus dem Unbewußten ergaben. Endlich machte ich eines Tages, fast bewußtlos, ein Gesicht fertig, das stärker als die früheren zu mir sprach. Es war nicht das Gesicht jenes Mädchens, das sollte es auch längst nimmer sein. Es war etwas anderes, etwas Unwirkliches, doch nicht minder Wertvolles. Es sah mehr wie ein Jünglingskopf aus als wie ein Mädchengesicht, das Haar war nicht hellblond wie bei meinem hübschen Mädchen, sondern braun mit rötlichem Hauch, das Kinn war stark und fest, der Mund aber rotblühend, das Ganze etwas steif und maskenhaft, aber eindrücklich und voll von geheimem Leben.

Als ich vor dem fertigen Blatte saß, machte es mir einen seltsamen Eindruck. Es schien mir eine Art von Götterbild oder heiliger Maske zu sein, halb männlich, halb weiblich, ohne Alter, ebenso willensstark wie träumerisch, ebenso starr wie heimlich lebendig. Dies Gesicht hatte mir etwas zu sagen, es gehörte zu mir, es stellte Forderungen an mich. Und es hatte Ähnlichkeit mit irgend jemand, ich wußte nicht mit wem.

Das Bildnis begleitete nun eine Weile alle meine Gedanken und teilte mein Leben. Ich hielt es in einer Schieblade verborgen, niemand sollte es erwischen und mich damit verhöhnen können. Aber sobald ich allein in meinem Stübchen war, zog ich das Bild heraus und hatte Umgang mit ihm. Abends heftete ich es mit einer Nadel mir gegenüber überm Bett an die Tapete, sah es bis zum Einschlafen an, und morgens fiel mein erster Blick darauf.

Gerade in jener Zeit fing ich wieder an, viel zu träumen, wie ich es als Kind stets getan hatte. Mir schien, ich habe jahrelang keine Träume mehr gehabt. Jetzt kamen sie wieder, eine ganz neue Art von Bildern, und oft und oft tauchte das gemalte Bildnis darin auf, lebend und redend, mir befreundet oder feindlich, manchmal bis zur Fratze verzogen und manchmal unendlich schön, harmonisch und edel.

Und eines Morgens, als ich aus solchen Träumen erwachte, erkannte ich es plötzlich. Es sah mich so fabelhaft wohlbekannt an, es schien meinen Namen zu rufen. Es schien mich zu kennen, wie eine Mutter, schien mir seit allen Zeiten zugewandt. Mit Herzklopfen starrte ich das Blatt an, die braunen, dichten Haare, den halbweiblichen Mund, die starke Stirn mit der sonderbaren Helligkeit (es war von selber so aufgetrocknet), und näher und näher fühlte ich in mir die Erkenntnis, das Wiederfinden, das Wissen.

Ich sprang aus dem Bette, stellte mich vor dem Gesicht auf und sah es aus nächster Nähe an, gerade in die weit offenen, grünlichen, starren Augen hinein, von denen das rechte etwas höher als das andere stand. Und mit einemmal zuckte dies rechte Auge, zuckte leicht und fein, aber deutlich, und mit diesem Zucken erkannte ich das Bild...

Wie hatte ich das erst so spät finden können! Es war Demians Gesicht.

Später verglich ich das Blatt oft und oft mit Demians wirklichen Zügen, wie ich sie in meinem Gedächtnis fand. Sie waren gar nicht dieselben, obwohl ähnlich. Aber es war doch Demian.

Einst an einem Frühsommerabend schien die Sonne schräg und rot durch mein Fenster, das nach Westen blickte. Im Zimmer wurde es dämmerig. Da kam ich auf den Einfall, das Bildnis Beatricens, oder Demians, mit der Nadel ans Fensterkreuz zu heften und es anzusehen, wie die Abendsonne hindurch schien. Das Gesicht verschwamm ohne Umrisse, aber die rötlich umrandeten Augen, die Helligkeit auf der Stirn und der heftig rote Mund glühten tief und wild aus der Fläche. Lange saß ich ihm gegenüber, auch als es schon erloschen war. Und allmählich kam mir ein Gefühl, daß das nicht Beatrice und nicht Demian sei, sondern – ich selbst. Das Bild glich mir nicht – das sollte es auch nicht, fühlte ich – aber es war das, was mein Leben ausmachte, es war mein Inneres, mein Schicksal oder mein Dämon. So würde mein Freund aussehen, wenn ich je wieder einen fände. So würde meine Geliebte aussehen, wenn ich je eine bekäme. So würde mein Leben und so mein Tod sein, dies war der Klang und Rhythmus meines Schicksals.

In jenen Wochen hatte ich eine Lektüre begonnen, die mir tieferen Eindruck machte als alles, was ich früher gelesen. Auch später habe ich selten mehr Bücher so erlebt, vielleicht nur noch Nietzsche. Es war ein Band Novalis, mit Briefen und Sentenzen, von denen ich viele nicht verstand und die mich doch alle unsäglich anzogen und umspannen. Einer von den Sprüchen fiel mir nun ein. Ich schrieb ihn mit der Feder unter das Bildnis: »Schicksal und Gemüt sind Namen eines Begriffs.« Das hatte ich nun verstanden.

Das Mädchen, das ich Beatrice nannte, begegnete mir noch oft. Ich fühlte keine Bewegung mehr dabei, aber stets ein sanftes Übereinstimmen, ein gefühlhaftes Ahnen: du bist mir verknüpft, aber nicht du, nur dein Bild; du bist ein Stück von meinem Schicksal.

Meine Sehnsucht nach Max Demian wurde wieder mächtig. Ich wußte nichts von ihm, seit Jahren nichts.

Ein einziges Mal hatte ich ihn in den Ferien angetroffen. Ich sehe jetzt, daß ich diese kurze Begegnung in meinen Aufzeichnungen unterschlagen habe, und sehe, daß es aus Scham und Eitelkeit geschah. Ich muß es nachholen.

Also einmal in den Ferien, als ich mit dem blasierten und stets etwas müden Gesicht meiner Wirtshauszeit durch meine Vaterstadt schlenderte, meinen Spazierstock schwang und den Philistern in die alten, gleichgebliebenen, verachteten Gesichter sah, da kam mir mein ehemaliger Freund entgegen. Kaum sah ich ihn, so zuckte ich zusammen. Und blitzschnell mußte ich an Franz Kromer denken. Möchte doch Demian diese Geschichte wirklich vergessen haben! Es war so unangenehm, diese Verpflichtung gegen ihn zu haben – eigentlich ja eine dumme Kindergeschichte, aber doch eben eine Verpflichtung…

Er schien zu warten, ob ich ihn grüßen wolle, und als ich es möglichst gelassen tat, gab er mir die Hand. Das war wieder sein Händedruck! So fest, warm und doch kühl, männlich!

Er sah mir aufmerksam ins Gesicht und sagte: »Du bist groß geworden, Sinclair.« Er selbst schien mir ganz unverändert, gleich alt, gleich jung wie immer.

Er schloß sich mir an, wir machten einen Spaziergang und sprachen über lauter nebensächliche Dinge, nichts von damals. Es fiel mir ein, daß ich ihm einst mehrmals geschrieben hatte, ohne eine Antwort zu erhalten. Ach, möchte er doch auch das vergessen haben, diese dummen, dummen Briefe! Er sagte nichts davon!

Es gab damals noch keine Beatrice und kein Bildnis, ich war noch mitten in meiner wüsten Zeit. Vor der Stadt lud ich ihn ein, mit in ein Wirtshaus zu kommen. Er ging mit. Prahlerisch bestellte ich eine Flasche Wein, schenkte ein, stieß mit ihm an und zeigte mich mit den studentischen Trinkgebräuchen sehr vertraut, leerte auch das erste Glas auf einen Zug.

»Du gehst viel ins Wirtshaus?« fragte er mich.

»Ach ja«, sagte ich träge, »was soll man sonst tun? Es ist am Ende immer noch das Lustigste.«

»Findest du? Es kann schon sein. Etwas daran ist ja sehr schön – der Rausch, das Bacchische! Aber ich finde, bei den meisten Leuten, die viel im Wirtshaus sitzen, ist das ganz verlorengegangen. Mir kommt es so vor, als sei gerade das Wirtshauslaufen etwas richtig Philisterhaftes. Ja, eine Nacht lang, mit brennenden Fackeln, zu einem richtigen, schönen Rausch und Taumel! Aber so immer wieder, ein Schöppchen ums andere, das ist doch wohl nicht das Wahre? Kannst du dir etwa den Faust vorstellen, wie er Abend für Abend an einem Stammtisch sitzt?«

Ich trank und schaute ihn feindselig an.

»Ja, es ist eben nicht jeder ein Faust«, sagte ich kurz.

Er sah mich etwas stutzend an.

Dann lachte er mit der alten Frische und Überlegenheit.

»Na, wozu darüber streiten? Jedenfalls ist das Leben eines Säufers oder Wüstlings vermutlich lebendiger als das des tadellosen Bürgers. Und dann – ich habe das einmal gelesen – ist das Leben des Wüstlings eine der besten Vorbereitungen für den Mystiker. Es sind ja auch immer solche Leute wie der heilige Augustin, die zu Sehern werden. Der war vorher auch ein Genießer und Lebemann.«

Ich war mißtrauisch und wollte mich keineswegs von ihm meistern lassen. So sagte ich blasiert: »Ja, jeder nach seinem Geschmack! Mir ist es, offen gestanden, gar nicht darum zu tun, ein Seher oder so etwas zu werden.«

Demian blitzte mich aus leicht eingekniffenen Augen wissend an.

»Lieber Sinclair«, sagte er langsam, »es war nicht meine Absicht, dir Unangenehmes zu sagen. Übrigens – zu welchem Zweck du jetzt deine Schoppen trinkst, wissen wir ja beide nicht. Das in dir, was dein Leben macht, weiß es schon. Es ist so gut, das zu wissen: daß in uns drinnen einer ist, der alles weiß, alles will, alles besser macht als wir selber. – Aber verzeih, ich muß nach Hause.«

Wir nahmen kurzen Abschied. Ich blieb sehr mißmutig sitzen, trank meine Flasche vollends aus, und fand, als ich gehen wollte, daß Demian sie schon bezahlt hatte. Das ärgerte mich noch mehr.

Bei dieser kleinen Begebenheit hielten nun meine Gedanken wieder an. Sie waren voll von Demian. Und die Worte, die er in jenem Gasthaus vor der Stadt gesagt, kamen in meinem Gedächtnis wieder hervor, seltsam frisch und unverloren. – »Es ist so gut, das zu wissen, daß in uns drinnen einer ist, der alles weiß!«

Ich blickte auf das Bild, das am Fenster hing und ganz erloschen war. Aber ich sah die Augen noch glühen. Das war der Blick Demians. Oder es war der, der in mir drinnen war. Der, der alles weiß.

Wie hatte ich Sehnsucht nach Demian! Ich wußte nichts von ihm, er war mir nicht erreichbar. Ich wußte nur, daß er vermutlich irgendwo studiere und daß nach dem Abschluß seiner Gymnasiastenzeit seine Mutter unsere Stadt verlassen habe.

Bis zu meiner Geschichte mit Kromer zurück suchte ich alle Erinnerungen an Max Demian in mir hervor. Wie vieles klang da wieder auf, was er mir einst gesagt hatte, und alles hatte heut noch Sinn, war aktuell, ging mich an! Auch das, was er bei unsrem letzten, so wenig erfreulichen Zusammentreffen über den Wüstling und den Heiligen gesagt hatte, stand mir plötzlich hell vor der Seele. War es nicht genau so mit mir gegangen? Hatte ich nicht in Rausch und Schmutz gelebt, in Betäubung und Verlorenheit, bis mit einem neuen Lebensantrieb gerade das Gegenteil in mir lebendig geworden war, das Verlangen nach Reinheit, die Sehnsucht nach dem Heiligen?

So ging ich weiter den Erinnerungen nach, es war längst Nacht geworden und draußen regnete es. Auch in meinen Erinnerungen hörte ich es regnen, es war die Stunde unter den Kastanienbäumen, wo er mich einst wegen Franz Kromer ausgefragt und meine ersten Geheimnisse erraten hatte. Eines ums andere kam hervor, Gespräche auf dem Schulweg, die Konfirmationsstunden. Und zuletzt fiel mein allererstes Zusammentreffen mit Max Demian mir ein. Um was hatte es sich doch da gehandelt? Ich kam nicht gleich darauf, aber ich ließ mir Zeit, ich war ganz darein versunken. Und nun kam es wieder, auch das. Wir waren vor unserem Hause gestanden, nachdem er mir seine

Meinung über Kain mitgeteilt hatte. Da hatte er von dem alten, verwischten Wappen gesprochen, das über unsrem Haustor saß, in dem von unten nach oben breiter werdenden Schlußstein. Er hatte gesagt, es interessiere ihn, und man müsse auf solche Sachen achthaben.

In der Nacht träumte ich von Demian und von dem Wappen. Es verwandelte sich beständig, Demian hielt es in Händen, oft war es klein und grau, oft mächtig groß und vielfarbig, aber er erklärte mir, daß es doch immer ein und dasselbe sei. Zuletzt aber nötigte er mich, das Wappen zu essen. Als ich es geschluckt hatte, spürte ich mit ungeheurem Erschrecken, daß der verschlungene Wappenvogel in mir lebendig sei, mich ausfülle und von innen zu verzehren beginne. Voller Todesangst fuhr ich auf und erwachte.

Ich wurde munter, es war mitten in der Nacht, und hörte es ins Zimmer regnen. Ich stand auf, um das Fenster zu schließen, und trat dabei auf etwas Helles, das am Boden lag. Am Morgen fand ich, daß es mein gemaltes Blatt war. Es lag in der Nässe am Boden und hatte sich in Wülste geworfen. Ich spannte es zum Trocknen zwischen Fließblätter in ein schweres Buch. Als ich am nächsten Tage wieder danach sah, war es getrocknet. Es hatte sich aber verändert. Der rote Mund war verblaßt und etwas schmäler geworden. Es war jetzt ganz der Mund Demians.

Ich ging nun daran, ein neues Blatt zu malen, den Wappenvogel. Wie er eigentlich aussah, wußte ich nicht mehr deutlich, und einiges daran war, wie ich wußte, auch aus der Nähe nicht gut mehr zu erkennen, da das Ding alt und oftmals mit Farbe überstrichen worden war. Der Vogel stand oder saß auf etwas, vielleicht auf einer Blume, oder auf einem Korb oder Nest, oder auf einer Baumkrone. Ich kümmerte mich nicht darum und fing mit dem an, wovon ich eine deutliche Vorstellung hatte. Aus einem unklaren Bedürfnis begann ich gleich mit starken Farben, der Kopf des Vogels war auf meinem Blatte goldgelb. Je nach Laune machte ich daran weiter und brachte das Ding in einigen Tagen fertig.

Nun war es ein Raubvogel, mit einem scharfen, kühnen Sperberkopf. Er stak mit halbem Leibe in einer dunkeln Weltkugel, aus der er sich wie aus einem riesigen Ei heraufarbeitete, auf einem blauen Himmelsgrunde. Wie ich das Blatt länger betrachtete, schien es mir mehr und mehr, als sei es das farbige Wappen, wie es in meinem Traum vorgekommen war.

Einen Brief an Demian zu schreiben, wäre mir nicht möglich gewesen, auch wenn ich gewußt hätte wohin. Ich beschloß aber, in demselben traumhaften Ahnen, mit dem ich damals alles tat, ihm das Bild mit dem Sperber zu schicken, mochte es ihn dann erreichen oder nicht. Ich schrieb nichts darauf, auch nicht meinen Namen, beschnitt die Ränder sorgfältig, kaufte einen großen Papierumschlag und schrieb meines Freundes ehemalige Adresse darauf. Dann schickte ich es fort.

Ein Examen kam näher, und ich mußte mehr als sonst für die Schule arbeiten. Die Lehrer hatten mich wieder zu Gnaden angenommen, seit ich plötzlich meinen schnöden Wandel geändert hatte. Ein guter Schüler war ich auch jetzt wohl nicht, aber weder ich noch sonst jemand dachte noch daran, daß vor einem halben Jahr meine strafweise Entlassung aus der Schule allen wahrscheinlich gewesen war.

Mein Vater schrieb mir jetzt wieder mehr in dem Ton wie früher, ohne Vorwürfe und Drohungen. Doch hatte ich keinen Trieb, ihm oder irgend jemand zu erklären, wie die Wandlung mit mir vor sich gegangen war. Es war ein Zufall, daß diese Wandlung mit den Wünschen meiner Eltern und Lehrer übereinstimmte. Diese Wandlung brachte mich nicht zu den andern, näherte mich niemandem an, machte mich nur einsamer. Sie zielte irgendwohin, zu Demian, zu einem fernen Schicksal. Ich wußte es selber ja nicht, ich stand ja mitten drin. Mit Beatrice hatte es angefangen, aber seit einiger Zeit lebte ich mit meinen gemalten Blättern und meinen Gedanken an Demian in einer so ganz unwirklichen Welt, daß ich auch sie völlig aus den Augen und Gedanken verlor. Niemand hätte ich von meinen Träumen, meinen Erwartungen, meiner inneren Umwandlung ein Wort sagen können, auch nicht, wenn ich gewollt hätte.

Aber wie hätte ich dies wollen können?

Fünftes Kapitel
Der Vogel kämpft sich aus dem Ei

Mein gemalter Traumvogel war unterwegs und suchte meinen Freund. Auf die wunderlichste Weise kam mir eine Antwort.

In meiner Schulklasse, an meinem Platz, fand ich einst nach der Pause zwischen zwei Lektionen einen Zettel in meinem Buche stecken. Er war genau so gefaltet, wie es bei uns üblich war, wenn Klassengenossen zuweilen während einer Lektion heimlich einander Billetts zukommen ließen. Mich wunderte nur, wer mir solch einen Zettel zuschickte, denn ich stand mit keinem Mitschüler je in solchem Verkehr. Ich dachte, es werde die Aufforderung zu irgendeinem Schülerspaß sein, an dem ich doch nicht teilnehmen würde, und legte den Zettel ungelesen vorn in mein Buch. Erst während der Lektion fiel er mir zufällig wieder in die Hand.

Ich spielte mit dem Papier, entfaltete es gedankenlos und fand einige Worte darein geschrieben. Ich warf einen Blick darauf, blieb an einem Wort hängen, erschrak und las, während mein Herz sich vor Schicksal wie in großer Kälte zusammenzog:

»Der Vogel kämpft sich aus dem Ei. Das Ei ist die Welt. Wer geboren werden will, muß eine Welt zerstören. Der Vogel fliegt zu Gott. Der Gott heißt Abraxas.«

Ich versank nach dem mehrmaligen Lesen dieser Zeilen in tiefes Nachsinnen. Es war kein Zweifel möglich, es war Antwort von Demian. Niemand konnte von dem Vogel wissen, als ich und er. Er hatte mein Bild bekommen. Er hatte verstanden und half mir deuten. Aber wie hing alles zusammen? Und – das plagte mich vor allem – was hieß Abraxas? Ich hatte das Wort nie gehört oder gelesen. »Der Gott heißt Abraxas!«

Die Stunde verging, ohne daß ich etwas vom Unterricht hörte. Die nächste begann, die letzte des Vormittags. Sie wurde von einem jungen Hilfslehrer gegeben, der erst von der Universität kam und uns schon

darum gefiel, weil er so jung war und sich uns gegenüber keine falsche Würde anmaßte.

Wir lasen unter Doktor Follens Führung Herodot.
Diese Lektüre gehörte zu den wenigen Schulfächern,
die mich interessierten. Aber diesmal war ich nicht
dabei. Ich hatte mechanisch mein Buch aufgeschla-
gen, folgte aber dem Übersetzen nicht und blieb in
meine Gedanken versunken. Übrigens hatte ich schon
mehrmals die Erfahrung gemacht, wie richtig das
war, was Demian mir damals im geistlichen Unterricht gesagt hatte. Was man stark genug wollte, das
gelang. Wenn ich während des Unterrichts sehr stark
mit eigenen Gedanken beschäftigt war, so konnte ich
ruhig sein, daß der Lehrer mich in Ruhe ließ. Ja, wenn
man zerstreut war oder schläfrig, dann stand er plötzlich da: das war mir auch schon begegnet. Aber wenn
man wirklich dachte, wirklich versunken war, dann
war man geschützt. Und auch das mit dem festen An-
blicken hatte ich schon probiert und bewährt gefunden. Damals zu Demians Zeiten war es mir nicht
geglückt, jetzt spürte ich oft, daß man mit Blicken und
Gedanken sehr viel ausrichten konnte.

So saß ich auch jetzt und war weit von Herodot und
von der Schule weg. Aber da schlug unversehens mir
die Stimme des Lehrers wie ein Blitz ins Bewußtsein,
daß ich voll Schrecken erwachte. Ich hörte seine
Stimme, er stand dicht neben mir, ich glaubte schon,
er habe meinen Namen gerufen. Aber er sah mich
nicht an. Ich atmete auf.

Da hörte ich seine Stimme wieder. Laut sagte sie das
Wort: »Abraxas.«

In einer Erklärung, deren Anfang mir entgangen war,

fuhr Doktor Follen fort: »Wir müssen uns die An-
schauungen jener Sekten und mystischen Vereinigun-
gen des Altertums nicht so naiv vorstellen, wie sie
vom Standpunkt einer rationalistischen Betrachtung
aus erscheinen. Eine Wissenschaft in unserem Sinn
kannte das Altertum überhaupt nicht. Dafür gab es
eine Beschäftigung mit philosophisch-mystischen
Wahrheiten, die sehr hoch entwickelt war. Zum Teil
entstand daraus Magie und Spielerei, die wohl oft
auch zu Betrug und Verbrechen führte. Aber auch die
Magie hatte eine edle Herkunft und tiefe Gedanken.
So die Lehre von Abraxas, die ich vorhin als Beispiel
anführte. Man nennt diesen Namen in Verbindung
mit griechischen Zauberformeln und hält ihn vielfach
für den Namen irgendeines Zauberteufels, wie ihn
etwa wilde Völker heute noch haben. Es scheint aber,
daß Abraxas viel mehr bedeutet. Wir können uns den
Namen etwa denken als den einer Gottheit, welche
die symbolische Aufgabe hatte, das Göttliche und das
Teuflische zu vereinigen.«
Der kleine gelehrte Mann sprach fein und eifrig weiter, niemand war sehr aufmerksam, und da der Name
nicht mehr vorkam, sank auch meine Aufmerksamkeit bald wieder in mich selbst zurück.
»Das Göttliche und das Teuflische vereinigen«, klang
es mir nach. Hier konnte ich anknüpfen. Das war mir
von den Gesprächen mit Demian in der allerletzten
Zeit unserer Freundschaft her vertraut. Demian hatte
damals gesagt, wir hätten wohl einen Gott, den wir
verehrten, aber der stelle nur eine willkürlich abgetrennte Hälfte der Welt dar (es war die offizielle, erlaubte »lichte« Welt). Man müsse aber die ganze Welt

verehren können, also müsse man entweder einen Gott haben, der auch Teufel sei, oder man müsse neben dem Gottesdienst auch einen Dienst des Teufels einrichten. – Und nun war also Abraxas der Gott, der sowohl Gott wie Teufel war.

Eine Zeitlang suchte ich mit großem Eifer auf der Spur weiter, ohne doch vorwärts zu kommen. Ich stöberte auch eine ganze Bibliothek erfolglos nach dem Abraxas durch. Doch war mein Wesen niemals stark auf diese Art des direkten und bewußten Suchens eingestellt, wobei man zuerst nur Wahrheiten findet, die einem Steine in der Hand bleiben.

Die Gestalt der Beatrice, mit der ich eine gewisse Zeit hindurch so viel und innig beschäftigt war, sank nun allmählich unter, oder vielmehr sie trat langsam von mir hinweg, näherte sich mehr und mehr dem Horizont und wurde schattenhafter, ferner, blasser. Sie genügte der Seele nicht mehr.

Es begann jetzt in dem eigentümlich in mich selbst eingesponnenen Dasein, das ich wie ein Traumwandler führte, eine neue Bildung zu entstehen. Die Sehnsucht nach dem Leben blühte in mir, vielmehr die Sehnsucht nach Liebe und der Trieb des Geschlechts, den ich eine Weile hatte in die Anbetung Beatrices auflösen können, verlangte neue Bilder und Ziele. Noch immer kam keine Erfüllung mir entgegen, und unmöglicher als je war es mir, die Sehnsucht zu täuschen und etwas von den Mädchen zu erwarten, bei denen meine Kameraden ihr Glück suchten. Ich träumte wieder heftig, und zwar mehr am Tage als in der Nacht. Vorstellungen, Bilder oder Wünsche, stiegen in mir auf und zogen mich von der äußeren Welt hinweg, so daß ich mit diesen Bildern in mir, mit diesen Träumen oder Schatten, wirklicher und lebhafter Umgang hatte und lebte, als mit meiner wirklichen Umgebung.

Ein bestimmter Traum, oder ein Phantasiespiel, das immer wiederkehrte, wurde mir bedeutungsvoll. Dieser Traum, der wichtigste und nachhaltigste meines Lebens, war etwa so: ich kehrte in mein Vaterhaus zurück – über dem Haustor leuchtete der Wappenvogel in Gelb auf blauem Grund – im Hause kam mir meine Mutter entgegen – aber als ich eintrat und sie umarmen wollte, war es nicht sie, sondern eine nie gesehene Gestalt, groß und mächtig, dem Max Demian und meinem gemalten Blatte ähnlich, doch anders, und trotz der Mächtigkeit ganz und gar weiblich. Diese Gestalt zog mich an sich und nahm mich in eine tiefe, schauernde Liebesumarmung auf. Wonne und Grausen waren vermischt, die Umarmung war Gottesdienst und war ebenso Verbrechen. Zu viel Erinnerung an meine Mutter, zu viel Erinnerung an meinen Freund Demian geistete in der Gestalt, die mich umfing. Ihre Umarmung verstieß gegen jede Ehrfurcht und war doch Seligkeit. Oft erwachte ich aus diesem Traum mit tiefem Glücksgefühl, oft mit Todesangst und gequältem Gewissen wie aus furchtbarer Sünde.

Nur allmählich und unbewußt kam zwischen diesem ganz innerlichen Bilde und dem mir von außen zugekommenen Wink über den zu suchenden Gott eine Verbindung zustande. Sie wurde aber dann enger und inniger, und ich begann zu spüren, daß ich gerade in diesem Ahnungstraum den Abraxas anrief. Wonne und Grauen, Mann und Weib gemischt, Heiligstes und Gräßliches ineinander verflochten, tiefe Schuld durch zarteste Unschuld zuckend – so war mein Liebestraumbild, und so war auch Abraxas. Liebe war nicht mehr tierisch dunkler Trieb, wie ich sie beängstigt im Anfang empfunden hatte, und sie war auch nicht mehr fromm vergeistigte Anbeterschaft, wie ich sie dem Bilde der Beatrice dargebracht. Sie war beides, beides und noch viel mehr, sie war Engelsbild und Satan, Mann und Weib in einem, Mensch und Tier, höchstes Gut und äußerstes Böses. Dies zu leben schien mir bestimmt, dies zu kosten mein Schicksal. Ich hatte Sehnsucht nach ihm und hatte Angst vor ihm, aber es war immer da, war immer über mir.

Im nächsten Frühjahr sollte ich das Gymnasium verlassen und studieren gehen, ich wußte noch nicht wo und was. Auf meinen Lippen wuchs ein kleiner Bart, ich war ein ausgewachsener Mensch, und doch vollkommen hilflos und ohne Ziele. Fest war nur eines: die Stimme in mir, das Traumbild. Ich fühlte die Aufgabe, dieser Führung blind zu folgen. Aber es fiel mir schwer, und täglich lehnte ich mich auf. Vielleicht war ich verrückt, dachte ich nicht selten, vielleicht war ich nicht wie andere Menschen? Aber ich konnte das, was andere leisteten, alles auch tun, mit ein wenig Fleiß und Bemühung konnte ich Plato lesen, konnte trigonometrische Aufgaben lösen oder einer chemischen Analyse folgen. Nur eines konnte ich nicht: das in mir dunkel verborgene Ziel herausreißen und irgendwo vor mich hinmalen, wie andere es taten, welche genau wußten, daß sie Professor oder Richter, Arzt oder Künstler werden wollten, wie lang das dauern und was für Vorteile es haben würde. Das konnte ich nicht. Vielleicht würde ich auch einmal so etwas, aber wie sollte ich das wissen. Vielleicht mußte ich auch suchen und weitersuchen, jahrelang, und wurde nichts, und kam an kein Ziel. Vielleicht kam ich auch an ein Ziel, aber es war ein böses, gefährliches, furchtbares.

Ich wollte ja nichts als das zu leben versuchen, was von selber aus mir heraus wollte. Warum war das so sehr schwer?

Oft machte ich den Versuch, die mächtige Liebesgestalt meines Traumes zu malen. Es gelang aber nie. Wäre es mir gelungen, so hätte ich das Blatt an Demian gesandt. Wo war er? Ich wußte es nicht. Ich wußte nur, er war mit mir verbunden. Wann würde ich ihn wiedersehen?

Die freundliche Ruhe jener Wochen und Monate der Beatricezeit war lang vergangen. Damals hatte ich gemeint, eine Insel erreicht und einen Frieden gefunden zu haben. Aber so war es immer – kaum war ein Zustand mir lieb geworden, kaum hatte ein Traum mir wohlgetan, so wurde er auch schon welk und blind. Vergebens, ihm nachzuklagen! Ich lebte jetzt in einem Feuer von ungestilltem Verlangen, von gespanntem Erwarten, das mich oft völlig wild und toll machte. Das Bild der Traumgeliebten sah ich oft mit überlebendiger Deutlichkeit vor mir, viel deutlicher als meine eigene Hand, sprach mit ihm, weinte vor ihm, fluchte ihm. Ich nannte es Mutter und kniete vor ihm in Tränen, ich nannte es Geliebte und ahnte seinen reifen, alles erfüllenden Kuß, ich nannte es Teufel und Hure, Vampyr und Mörder. Es verlockte mich zu zartesten Liebesträumen und zu wüsten Schamlosigkeiten, nichts war ihm zu gut und köstlich, nichts zu schlecht und niedrig.

Jenen ganzen Winter verlebte ich in einem inneren Sturm, den ich schwer beschreiben kann. An die Einsamkeit war ich lang gewöhnt, sie drückte mich nicht, ich lebte mit Demian, mit dem Sperber, mit dem Bild der großen Traumgestalt, die mein Schicksal und meine Geliebte war. Das war genug, um darin zu leben, denn alles blickte ins Große und Weite, und alles deutete auf Abraxas. Aber keiner dieser Träume, keiner meiner Gedanken gehorchte mir, keinen konnte ich rufen, keinem konnte ich nach Belieben seine Farben geben. Sie kamen und nahmen mich, ich wurde von ihnen regiert, wurde von ihnen gelebt.

Wohl war ich nach außen gesichert. Vor Menschen hatte ich keine Furcht, das hatten auch meine Mitschüler gelernt und brachten mir eine heimliche Achtung entgegen, die mich oft lächeln machte. Wenn ich wollte, konnte ich die meisten von ihnen sehr gut durchschauen und sie gelegentlich dadurch in Erstaunen setzen. Nur wollte ich selten oder nie. Ich war immer mit mir beschäftigt, immer mit mir selbst. Und ich verlangte sehnlichst danach, nun endlich auch einmal ein Stück zu leben, etwas aus mir hinaus in die Welt zu geben, in Beziehung und Kampf mit ihr zu treten. Manchmal, wenn ich am Abend durch die Straßen lief und vor Unrast bis Mitternacht nicht heimkehren konnte, manchmal meinte ich dann, jetzt und jetzt müsse meine Geliebte mir begegnen, an der nächsten Ecke vorübergehen, mir aus dem nächsten Fenster rufen. Manchmal auch schien mir dies alles unerträglich qualvoll, und ich war darauf gefaßt, mir einmal das Leben zu nehmen.

Eine eigentümliche Zuflucht fand ich damals – durch einen »Zufall«, wie man sagt. Es gibt aber solche Zufälle nicht. Wenn der, der etwas notwendig braucht, dies ihm Notwendige findet, so ist es nicht der Zufall, der es ihm gibt, sondern er selbst, sein eigenes Verlangen und Müssen führt ihn hin.

Ich hatte zwei oder drei Male auf meinen Gängen durch die Stadt aus einer kleineren Vorstadtkirche Orgelspiel vernommen, ohne dabei zu verweilen. Als ich das nächste Mal vorüberkam, hörte ich es wieder, und erkannte, daß Bach gespielt wurde. Ich ging zum Tor, das ich geschlossen fand, und da die Gasse fast ohne Menschen war, setzte ich mich neben der Kirche auf einen Prellstein, schlug den Mantelkragen um mich und hörte zu. Es war keine große, doch eine gute Orgel, und es wurde wunderlich gespielt, mit einem eigentümlichen, höchst persönlichen Ausdruck von Willen und Beharrlichkeit, der wie ein Gebet klang. Ich hatte das Gefühl: der Mann, der da spielt, weiß in dieser Musik einen Schatz verschlossen, und er wirbt und pocht und müht sich um diesen Schatz wie um sein Leben. Ich verstehe, im Sinn der Technik, nicht sehr viel von Musik, aber ich habe gerade diesen Ausdruck der Seele von Kind auf instinktiv verstanden und das Musikalische als etwas Selbstverständliches in mir gefühlt.

Der Musiker spielte darauf auch etwas Modernes, es konnte von Reger sein. Die Kirche war fast völlig dunkel, nur ein ganz dünner Lichtschein drang durchs nächste Fenster. Ich wartete, bis die Musik zu

Ende war, und strich dann auf und ab, bis ich den Organisten herauskommen sah. Es war ein noch junger Mensch, doch älter als ich, vierschrötig und untersetzt von Gestalt, und er lief rasch mit kräftigen und gleichsam unwilligen Schritten davon.

Manchmal saß ich von da an in der Abendstunde vor der Kirche oder ging auf und ab. Einmal fand ich auch das Tor offen und saß eine halbe Stunde fröstelnd und glücklich im Gestühl, während der Organist oben bei spärlichem Gaslicht spielte. Aus der Musik, die er spielte, hörte ich nicht nur ihn selbst. Es schien mir auch alles, was er spielte, unter sich verwandt zu sein, einen geheimen Zusammenhang zu haben. Alles, was er spielte, war gläubig, war hingegeben und fromm, aber nicht fromm wie die Kirchengänger und Pastoren, sondern fromm wie die Pilger und Bettler im Mittelalter, fromm mit rücksichtsloser Hingabe an ein Weltgefühl, das über allen Bekenntnissen stand. Die Meister vor Bach wurden fleißig gespielt, und alte Italiener. Und alle sagten dasselbe, alle sagten das, was auch der Musikant in der Seele hatte: Sehnsucht, innigstes Ergreifen der Welt und wildestes Sichwiederscheiden von ihr, brennendes Lauschen auf die eigene dunkle Seele, Rausch der Hingabe und tiefe Neugierde auf das Wunderbare.

Als ich einmal den Orgelspieler nach seinem Weggang aus der Kirche heimlich verfolgte, sah ich ihn weit draußen am Rande der Stadt in eine kleine Schenke treten. Ich konnte nicht widerstehen und ging ihm nach. Zum erstenmal sah ich ihn hier deutlich. Er saß am Wirtstisch in einer Ecke der kleinen Stube, den schwarzen Filzhut auf dem Kopf, einen

Schoppen Wein vor sich, und sein Gesicht war so, wie ich es erwartet hatte. Es war häßlich und etwas wild, suchend und verbohrt, eigensinnig und willensvoll, dabei um den Mund weich und kindlich. Das Männliche und Starke saß alles in Augen und Stirn, der untere Teil des Gesichtes war zart und unfertig, unbeherrscht und zum Teil weichlich, das Kinn voll Unentschlossenheit stand knabenhaft da wie ein Widerspruch gegen Stirn und Blick. Lieb waren mir die dunkelbraunen Augen, voll Stolz und Feindlichkeit.

Schweigend setzte ich mich ihm gegenüber, niemand war sonst in der Kneipe. Er blitzte mich an, als wolle er mich wegjagen. Ich hielt jedoch stand und sah ihn unentwegt an, bis er unwirsch brummte: »Was schauen Sie denn so verflucht scharf? Wollen Sie was von mir?«

»Ich will nichts von Ihnen«, sagte ich. »Aber ich habe schon viel von Ihnen gehabt.«

Er zog die Stirn zusammen.

»So, sind Sie ein Musikschwärmer? Ich finde es ekelhaft, für Musik zu schwärmen.«

Ich ließ mich nicht abschrecken.

»Ich habe Ihnen schon oft zugehört, in der Kirche da draußen«, sagte ich. »Ich will Sie übrigens nicht belästigen. Ich dachte, ich würde bei Ihnen vielleicht etwas finden, etwas Besonderes, ich weiß nicht recht was. Aber hören Sie lieber gar nicht auf mich! Ich kann Ihnen ja in der Kirche zuhören.«

»Ich schließe doch immer ab.«

»Neulich haben Sie es vergessen, und ich saß drinnen. Sonst stehe ich draußen oder sitze auf dem Prellstein.«

»So? Sie können ein andermal hereinkommen, es ist wärmer. Sie müssen dann bloß an die Tür klopfen. Aber kräftig, und nicht während ich spiele. Jetzt los – was wollten Sie sagen? Sie sind ein ganz junger Mann, wahrscheinlich ein Schüler oder Student. Sind Sie Musiker?«

»Nein. Ich höre gern Musik, aber bloß solche, wie Sie spielen, ganz unbedingte Musik, solche, bei der man spürt, daß da ein Mensch an Himmel und Hölle rüttelt. Die Musik ist mir sehr lieb, ich glaube, weil sie so wenig moralisch ist. Alles andere ist moralisch, und ich suche etwas, was nicht so ist. Ich habe unter dem Moralischen immer bloß gelitten. Ich kann mich nicht gut ausdrücken. – Wissen Sie, daß es einen Gott geben muß, der zugleich Gott und Teufel ist? Es soll einen gegeben haben, ich hörte davon.«

Der Musiker schob den breiten Hut etwas zurück und schüttelte sich das dunkle Haar von der großen Stirn. Dabei sah er mich durchdringend an und neigte mir sein Gesicht über den Tisch entgegen.

Leise und gespannt fragte er: »Wie heißt der Gott, von dem Sie da sagen?«

»Ich weiß leider fast nichts von ihm, eigentlich bloß den Namen. Er heißt Abraxas.«

Der Musikant blickte wie mißtrauisch um sich, als könnte uns jemand belauschen. Dann rückte er nahe zu mir und sagte flüsternd: »Ich habe es mir gedacht. Wer sind Sie?«

»Ich bin ein Schüler vom Gymnasium.«

»Woher wissen Sie von Abraxas?«

»Durch Zufall.«

Er hieb auf den Tisch, daß sein Weinglas überlief.

»Zufall! Reden Sie keinen Sch…dreck, junger Mensch! Von Abraxas weiß man nicht durch Zufall, das merken Sie sich. Ich werde Ihnen noch mehr von ihm sagen. Ich weiß ein wenig von ihm.«

Er schwieg und rückte seinen Stuhl zurück. Als ich ihn voll Erwartung ansah, schnitt er eine Grimasse.

»Nicht hier! Ein andermal. – Da nehmen Sie!«

Dabei griff er in die Tasche seines Mantels, den er nicht abgelegt hatte, und zog ein paar gebratene Kastanien heraus, die er mir hinwarf.

Ich sagte nichts, nahm sie und aß und war sehr zufrieden.

»Also!« flüsterte er nach einer Weile. »Woher wissen Sie von – ihm?«

Ich zögerte nicht, es ihm zu sagen.

»Ich war allein und ratlos«, erzählte ich. »Da fiel mir ein Freund aus früheren Jahren ein, von dem ich glaube, daß er sehr viel weiß. Ich hatte etwas gemalt, einen Vogel, der aus einer Weltkugel herauskam. Den schickte ich ihm. Nach einiger Zeit, als ich nicht mehr recht daran glaubte, bekam ich ein Stück Papier in die Hand, darauf stand: Der Vogel kämpft sich aus dem Ei. Das Ei ist die Welt. Wer geboren werden will, muß eine Welt zerstören. Der Vogel fliegt zu Gott. Der Gott heißt Abraxas.«

Er erwiderte nichts, wir schälten unsere Kastanien und aßen sie zum Wein.

»Nehmen wir noch einen Schoppen?« fragte er.

»Danke, nein. Ich trinke nicht gern.«

Er lachte, etwas enttäuscht.

»Wie Sie wollen! Bei mir ist es anders. Ich bleibe noch hier. Gehen Sie jetzt nur!«

Als ich dann das nächste Mal nach der Orgelmusik mit ihm ging, war er nicht sehr mitteilsam. Er führte mich in einer alten Gasse durch ein altes, stattliches Haus empor und in ein großes, etwas düsteres und verwahrlostes Zimmer, wo außer einem Klavier nichts auf Musik deutete, während ein großer Bücherschrank und Schreibtisch dem Raum etwas Gelehrtenhaftes gaben.

»Wieviel Bücher Sie haben!« sagte ich anerkennend.

»Ein Teil davon ist aus der Bibliothek meines Vaters, bei dem ich wohne. – Ja, junger Mann, ich wohne bei Vater und Mutter, aber ich kann Sie ihnen nicht vorstellen, mein Umgang genießt hier im Hause keiner großen Achtung. Ich bin ein verlorener Sohn, wissen Sie. Mein Vater ist ein fabelhaft ehrenwerter Mann, ein bedeutender Pfarrer und Prediger in hiesiger Stadt. Und ich, damit Sie gleich Bescheid wissen, bin sein begabter und vielversprechender Herr Sohn, der aber entgleist und einigermaßen verrückt geworden ist. Ich war Theologe und habe kurz vor dem Staatsexamen diese biedere Fakultät verlassen. Obgleich ich eigentlich noch immer beim Fach bin, was meine Privatstudien betrifft. Was für Götter die Leute sich jeweils ausgedacht haben, das ist mir noch immer höchst wichtig und interessant. Im übrigen bin ich jetzt Musiker und werde, wie es scheint, bald eine kleinere Organistenstelle bekommen. Dann bin ich ja auch wieder bei der Kirche.«

Ich schaute an den Bücherrücken entlang, fand griechische, lateinische, hebräische Titel, soweit ich beim schwachen Licht der kleinen Tischlampe sehen konnte. Inzwischen hatte sich mein Bekannter im Finstern bei der Wand auf den Boden gelegt und machte sich dort zu schaffen.

»Kommen Sie«, rief er nach einer Weile, »wir wollen jetzt ein wenig Philosophie üben, das heißt das Maul halten, auf dem Bauche liegen und denken.«

Er strich ein Zündholz an und setzte in dem Kamin, vor dem er lag, Papier und Scheite in Brand. Die Flamme stieg hoch, er schürte und speiste das Feuer mit ausgesuchter Umsicht. Ich legte mich zu ihm auf den zerschlissenen Teppich. Er starrte ins Feuer, das auch mich anzog, und wir lagen schweigend wohl eine Stunde lang auf dem Bauch vor dem flackernden Holzfeuer, sahen es flammen und brausen, einsinken und sich krümmen, verflackern und zucken und endlich in stiller, versunkener Glut am Boden brüten.

»Das Feueranbeten war nicht das Dümmste, was erfunden worden ist«, murmelte er einmal vor sich hin. Sonst sagte keiner von uns ein Wort. Mit starren Augen hing ich an dem Feuer, versank in Traum und Stille, sah Gestalten im Rauch und Bilder in der Asche. Einmal schrak ich auf. Mein Genosse warf ein Stückchen Harz in die Glut, eine kleine, schlanke Flamme schoß empor, ich sah in ihr den Vogel mit dem gelben Sperberkopf. In der hinsterbenden Kaminglut liefen golden glühende Fäden zu Netzen zusammen, Buchstaben und Bilder erschienen, Erinnerungen an Gesichter, an Tiere, an Pflanzen, an Würmer und Schlangen. Als ich, erwachend, nach dem andern sah, stierte er, das Kinn auf den Fäusten, hingegeben und fanatisch in die Asche.

»Ich muß jetzt gehen«, sagte ich leise.

»Ja, dann gehen Sie. Auf Wiedersehen!«

Er stand nicht auf, und da die Lampe gelöscht war, mußte ich mich mit Mühe durchs finstere Zimmer und die finsteren Gänge und Treppen aus dem verwunschenen alten Hause tasten. Auf der Straße machte ich halt und sah an dem alten Hause hinauf. In keinem Fenster brannte Licht. Ein kleines Schild aus Messing glänzte im Schein der Gaslaterne vor der Tür.

»Pistorius, Hauptpfarrer«, las ich darauf.

Erst zu Hause, als ich nach dem Abendessen allein in meinem kleinen Zimmer saß, fiel mir ein, daß ich weder über Abraxas noch sonst etwas von Pistorius erfahren habe, daß wir überhaupt kaum zehn Worte gewechselt hatten. Aber ich war mit meinem Besuch bei ihm sehr zufrieden. Und für das nächste Mal hatte er mir ein ganz exquisites Stück alter Orgelmusik versprochen, eine Passacaglia von Buxtehude.

Ohne daß ich es wußte, hatte der Organist Pistorius mir eine erste Lektion gegeben, als ich mit ihm vor dem Kamin auf dem Boden seines trüben Einsiedlerzimmers lag. Das Schauen ins Feuer hatte mir gutgetan, es hatte Neigungen in mir gekräftigt und bestätigt, die ich immer gehabt, doch nie eigentlich gepflegt hatte. Allmählich wurde ich teilweise darüber klar.

Schon als kleines Kind hatte ich je und je den Hang gehabt, bizarre Formen der Natur anzuschauen, nicht beobachtend, sondern ihrem eigenen Zauber, ihrer krausen, tiefen Sprache hingegeben. Lange, verholzte Baumwurzeln, farbige Adern im Gestein, Flecken von Öl, das auf Wasser schwimmt, Sprünge in Glas – alle ähnlichen Dinge hatten zuzeiten großen Zauber für mich gehabt, vor allem auch das Wasser und das Feuer, der Rauch, die Wolken, der Staub, und ganz besonders die kreisenden Farbflecke, die ich sah, wenn ich die Augen schloß. In den Tagen nach meinem ersten Besuch bei Pistorius begann dies mir wieder einzufallen. Denn ich merkte, daß ich eine gewisse Stärkung und Freude, eine Steigerung meines Gefühls von mir selbst, die ich seither spürte, lediglich dem langen Starren ins offene Feuer verdankte. Es war merkwürdig wohltuend und bereichernd, das zu tun!

An die wenigen Erfahrungen, welche ich bis jetzt auf dem Wege zu meinem eigentlichen Lebensziel gefunden hatte, reihte sich diese neue: das Betrachten solcher Gebilde, das Sichhingeben an irrationale, krause, seltsame Formen der Natur erzeugt in uns ein Gefühl von der Übereinstimmung unseres Innern mit dem Willen, der diese Gebilde werden ließ – wir spüren bald die Versuchung, sie für unsere eigenen Launen, für unsere eigenen Schöpfungen zu halten – wir sehen die Grenze zwischen uns und der Natur zittern und zerfließen und lernen die Stimmung kennen, in der wir nicht wissen, ob die Bilder auf unserer Netzhaut von äußeren Eindrücken stammen oder von inneren. Nirgends so einfach und leicht wie bei dieser Übung machen wir die Entdeckung, wie sehr wir Schöpfer sind, wie sehr unsere Seele immerzu teilhat an der beständigen Erschaffung der Welt. Vielmehr ist es dieselbe unteilbare Gottheit, die in uns und die in der Natur tätig ist, und wenn die äußere Welt unterginge, so wäre einer von uns fähig, sie wieder aufzubauen, denn Berg und Strom, Baum und Blatt, Wurzel und Blüte, alles Gebildete in der Natur liegt in uns vorgebildet, stammt aus der Seele, deren Wesen Ewigkeit ist, deren Wesen wir nicht kennen, das sich uns aber zumeist als Liebeskraft und Schöpferkraft zu fühlen gibt.

Erst manche Jahre später fand ich diese Beobachtung in einem Buche bestätigt, nämlich bei Leonardo da Vinci, der einmal davon redet, wie gut und tief anregend es sei, eine Mauer anzusehen, welche von vielen Leuten angespien worden ist. Vor jenen Flecken an der feuchten Mauer fühlte er dasselbe wie Pistorius und ich vor dem Feuer.

Bei unserem nächsten Zusammensein gab mir der Orgelspieler eine Erklärung.

»Wir ziehen die Grenzen unserer Persönlichkeit immer viel zu eng! Wir rechnen zu unserer Person immer bloß das, was wir als individuell unterschieden, als abweichend erkennen. Wir bestehen aber aus dem ganzen Bestand der Welt, jeder von uns, und ebenso wie unser Körper die Stammtafeln der Entwicklung bis zum Fisch und noch viel weiter zurück in sich trägt, so haben wir in der Seele alles, was je in Menschenseelen gelebt hat. Alle Götter und Teufel, die je gewesen sind, sei es bei Griechen und Chinesen oder bei Zulukaffern, alle sind mit in uns, sind da, als Möglichkeiten, als Wünsche, als Auswege. Wenn die Menschheit ausstürbe bis auf ein einziges halbwegs begabtes Kind, das keinerlei Unterricht genossen hat, so würde dieses Kind den ganzen Gang der Dinge wiederfinden, es würde Götter, Dämonen, Paradiese, Gebote und Verbote, Alte und Neue Testamente, alles würde es wieder produzieren können.«

»Ja gut«, wandte ich ein, »aber worin besteht dann noch der Wert des einzelnen? Warum streben wir noch, wenn wir doch alles in uns schon fertig haben?«

»Halt!« rief Pistorius heftig. »Es ist ein großer Unterschied, ob Sie bloß die Welt in sich tragen, oder ob Sie das auch wissen! Ein Wahnsinniger kann Gedanken hervorbringen, die an Plato erinnern, und ein kleiner frommer Schulknabe in einem Herrnhuter Institut denkt tiefe mythologische Zusammenhänge schöpferisch nach, die bei den Gnostikern oder bei Zoroaster vorkommen. Aber er weiß nichts davon! Er ist ein Baum oder Stein, bestenfalls ein Tier, solange er es nicht weiß. Dann aber, wenn der erste Funke dieser Erkenntnis dämmert, dann wird er Mensch. Sie werden doch wohl nicht alle die Zweibeiner, die da auf der Straße laufen, für Menschen halten, bloß weil sie aufrecht gehen und ihre Jungen neun Monate tragen? Sie sehen doch, wie viele von ihnen Fische oder Schafe, Würmer oder Egel sind, wie viele Ameisen, wie viele Bienen! Nun, in jedem von ihnen sind die Möglichkeiten zum Menschen da, aber erst, indem er sie ahnt, indem er sie teilweise sogar bewußt machen lernt, gehören diese Möglichkeiten ihm.«

Etwa dieser Art waren unsere Gespräche. Selten brachten sie mir etwas völlig Neues, etwas ganz und gar Überraschendes. Alle aber, auch das banalste, trafen mit leisem stetigem Hammerschlag auf denselben Punkt in mir, alle halfen an mir bilden, alle halfen Häute von mir abstreifen, Eierschalen zerbrechen, und aus jedem hob ich den Kopf etwas höher, etwas freier, bis mein gelber Vogel seinen schönen Raubvogelkopf aus der zertrümmerten Weltschale stieß.

Häufig erzählten wir auch einander unsere Träume. Pistorius verstand ihnen eine Deutung zu geben. Ein wunderliches Beispiel ist mir erinnerlich. Ich hatte einen Traum, in dem ich fliegen konnte, jedoch so, daß ich gewissermaßen von einem großen Schwung durch die Luft geschleudert wurde, dessen ich nicht Herr war. Das Gefühl dieses Fluges war erhebend, ward aber bald zur Angst, als ich mich willenlos in bedenkliche Höhen gerissen sah. Da machte ich die erlösende Entdeckung, daß ich mein Steigen und Fallen durch Anhalten und Strömenlassen des Atems regeln konnte.

Dazu sagte Pistorius: »Der Schwung, der Sie fliegen macht, das ist unser großer Menschheitsbesitz, den jeder hat. Es ist das Gefühl des Zusammenhangs mit den Wurzeln jeder Kraft, aber es wird einem dabei bald bange! Es ist verflucht gefährlich! Darum verzichten die meisten so gerne auf das Fliegen und ziehen es vor, an Hand gesetzlicher Vorschriften auf dem Bürgersteige zu wandeln. Aber Sie nicht. Sie fliegen weiter, wie es sich für einen tüchtigen Burschen gehört. Und siehe, da entdecken Sie das Wunderliche, daß Sie allmählich Herr darüber werden, daß zu der großen allgemeinen Kraft, die Sie fortreißt, eine feine, kleine, eigene Kraft kommt, ein Organ, ein Steuer! Das ist famos. Ohne das ginge man willenlos in die Lüfte, das tun zum Beispiel die Wahnsinnigen. Ihnen sind tiefere Ahnungen gegeben als den Leuten auf dem Bürgersteig, aber sie haben keinen Schlüssel und kein Steuer dazu, und sausen ins Bodenlose. Sie aber, Sinclair, Sie machen die Sache! Und wie, bitte. Das wissen Sie wohl noch gar nicht? Sie machen es mit einem neuen Organ, mit einem Atemregulator. Und nun können Sie sehen, wie wenig ›persönlich‹ Ihre Seele in ihrer Tiefe ist. Sie erfindet nämlich diesen Regulator nicht! Er ist nicht neu! Er ist eine Anleihe, er existiert seit Jahrtausenden. Er ist das Gleichgewichtsorgan der Fische, die Schwimmblase. Und tatsächlich gibt es ein paar wenige seltsame und konservative Fischarten noch heute, bei denen die Schwimmblase zugleich eine Art Lunge ist und unter Umständen richtig zum Atmen dienen kann. Also haargenau wie die Lunge, die Sie im Traum als Fliegerblase benutzen!«

Er brachte mir sogar einen Band Zoologie und zeigte mir Namen und Abbildungen jener altmodischen Fische. Und ich fühlte in mir, mit einem eigentümlichen Schauer, eine Funktion aus frühen Entwicklungsepochen lebendig.

Sechstes Kapitel
Jakobs Kampf

Was ich von dem sonderbaren Musiker Pistorius über Abraxas erfuhr, kann ich nicht in Kürze wiedererzählen. Das Wichtigste aber, was ich bei ihm lernte, war ein weiterer Schritt auf dem Wege zu mir selbst. Ich war damals, mit meinen etwa achtzehn Jahren, ein ungewöhnlicher junger Mensch, in hundert Dingen frühreif, in hundert andern Dingen sehr zurück und hilflos. Wenn ich mich je und je mit anderen verglich, war ich oft stolz und eingebildet gewesen, ebensooft aber niedergedrückt und gedemütigt. Oft hatte ich mich für ein Genie angesehen, oft für halb verrückt. Es gelang mir nicht, Freuden und Leben der Altersgenossen mitzumachen, und oft hatte ich mich in Vorwürfen und Sorgen verzehrt, als sei ich hoffnungslos von ihnen getrennt, als sei mir das Leben verschlossen.

Pistorius, welcher selbst ein ausgewachsener Sonderling war, lehrte mich den Mut und die Achtung vor mir selbst bewahren. Indem er in meinen Worten, in meinen Träumen, in meinen Phantasien und Gedanken stets Wertvolles fand, sie stets ernst nahm und ernsthaft besprach, gab er mir das Beispiel.

»Sie haben mir erzählt«, sagte er, »daß Sie die Musik darum lieben, weil sie nicht moralisch sei. Meinetwegen. Aber Sie selber müssen eben auch kein Moralist sein! Sie dürfen sich nicht mit andern vergleichen, und wenn die Natur Sie zur Fledermaus geschaffen hat, dürfen Sie sich nicht zum Vogel Strauß machen wollen. Sie halten sich manchmal für sonderbar, Sie werfen sich vor, daß Sie andere Wege gehen als die meisten. Das müssen Sie verlernen. Blicken Sie ins Feuer, blicken Sie in die Wolken, und sobald die Ahnungen kommen und die Stimmen in Ihrer Seele anfangen zu sprechen, dann überlassen Sie sich ihnen und fragen Sie ja nicht erst, ob das wohl auch dem Herrn Lehrer oder dem Herrn Papa oder irgendeinem lieben Gott passe oder lieb sei! Damit verdirbt man sich. Damit kommt man auf den Bürgersteig und wird ein Fossil. Lieber Sinclair, unser Gott heißt Abraxas, und er ist Gott und ist Satan, er hat die lichte und die dunkle Welt in sich. Abraxas hat gegen keinen Ihrer Gedanken, gegen keinen Ihrer Träume etwas einzuwenden. Vergessen Sie das nie. Aber er verläßt Sie, wenn Sie einmal tadellos und normal geworden sind. Dann verläßt er Sie und sucht sich einen neuen Topf, um seine Gedanken drin zu kochen.«

Unter allen meinen Träumen war jener dunkle Liebestraum der treueste. Oft, oft habe ich ihn geträumt, trat unterm Wappenvogel weg in unser altes Haus, wollte die Mutter an mich ziehen und hielt statt ihrer das große, halb männliche, halb mütterliche Weib umfaßt, vor der ich Furcht hatte und zu der mich doch das glühendste Verlangen zog. Und diesen Traum konnte ich meinem Freunde nie erzählen. Ihn behielt ich zurück, wenn ich ihm alles andre erschlossen hatte. Er war mein Winkel, mein Geheimnis, meine Zuflucht.

Wenn ich bedrückt war, dann bat ich Pistorius, er möge mir die Passacaglia des alten Buxtehude spielen. In der abendlichen, dunklen Kirche saß ich dann verloren an diese seltsame, innige, in sich selbst versenkte, sich selber belauschende Musik, die mir jedesmal wohl tat und mich bereiter machte, den Stimmen der Seele recht zu geben.

Zuweilen blieben wir auch eine Weile, nachdem die Orgel schon verklungen war, in der Kirche sitzen und sahen das schwache Licht durch die hohen, spitzbogigen Fenster scheinen und sich verlieren.

»Es klingt komisch«, sagte Pistorius, »daß ich einmal Theologe war und beinah Pfarrer geworden wäre. Aber es war nur ein Irrtum in der Form, den ich dabei beging. Priester sein, ist mein Beruf und mein Ziel. Nur war ich zu früh zufrieden und stellte mich dem Jehova zur Verfügung, noch ehe ich den Abraxas kannte. Ach, jede Religion ist schön. Religion ist Seele, einerlei, ob man ein christliches Abendmahl nimmt oder ob man nach Mekka wallfahrt.«

»Dann hätten Sie«, meinte ich, »aber eigentlich doch Pfarrer werden können.«

»Nein, Sinclair, nein. Ich hätte ja lügen müssen. Unsre Religion wird so ausgeübt, als sei sie keine. Sie tut so, als sei sie ein Verstandeswerk. Katholik könnte ich zur Not wohl sein, aber protestantischer Priester – nein! Die paar wirklich Gläubigen – ich kenne solche – halten sich gern an das Wörtliche, ihnen könnte ich nicht sagen, daß etwa Christus für mich keine Person, sondern ein Heros, ein Mythos ist, ein ungeheures Schattenbild, in dem die Menschheit sich selber an die Wand der Ewigkeit gemalt sieht. Und die anderen, die in die Kirche kommen, um ein kluges Wort zu hören, um eine Pflicht zu erfüllen, um nichts zu versäumen und so weiter, ja was hätte ich denen sagen sollen? Sie bekehren, meinen Sie? Aber das will ich gar nicht. Der Priester will nicht bekehren, er will nur unter Gläubigen, unter seinesgleichen leben und will Träger und Ausdruck sein für das Gefühl, aus dem wir unsere Götter machen.«

Er unterbrach sich. Dann fuhr er fort: »Unser neuer Glaube, für den wir jetzt den Namen des Abraxas wählen, ist schön, lieber Freund. Er ist das Beste, was wir haben. Aber er ist noch ein Säugling! Die Flügel sind ihm noch nicht gewachsen. Ach, eine einsame Religion, das ist noch nicht das Wahre. Sie muß gemeinsam werden, sie muß Kult und Rausch, Feste und Mysterien haben...«

Er sann und versank in sich.

»Kann man Mysterien nicht auch allein oder im kleinsten Kreis begehen?« fragte ich zögernd.

»Man kann schon«, nickte er. »Ich begehe sie schon lang. Ich habe Kulte begangen, für die ich Jahre von Zuchthaus absitzen müßte, wenn man davon wüßte. Aber ich weiß, es ist noch nicht das Richtige.«

Plötzlich schlug er mir auf die Schulter, daß ich zusammenzuckte. »Junge«, sagte er eindringlich, »auch Sie haben Mysterien. Ich weiß, daß Sie Träume haben müssen, die Sie mir nicht sagen. Ich will sie nicht wissen. Aber ich sage Ihnen: leben Sie sie, diese Träume, spielen Sie sie, bauen Sie ihnen Altäre! Es ist noch nicht das Vollkommene, aber es ist ein Weg. Ob wir einmal, Sie und ich und ein paar andere, die Welt erneuern werden, das wird sich zeigen. In uns drinnen aber müssen wir sie jeden Tag erneuern, sonst ist es nichts mit uns. Denken Sie dran! Sie sind achtzehn Jahre alt, Sinclair, Sie laufen nicht zu den Straßendirnen, Sie müssen Liebesträume, Liebeswünsche haben. Vielleicht sind sie so, daß Sie sich vor ihnen fürchten. Fürchten Sie sich nicht! Sie sind das Beste, was Sie haben! Sie können mir glauben. Ich habe damit viel verloren, daß ich in Ihren Jahren meine Liebesträume vergewaltigt habe. Man muß das nicht tun. Wenn man von Abraxas weiß, darf man es nicht mehr tun. Man darf nichts fürchten und nichts für verboten halten, was die Seele in uns wünscht.«

Erschreckt wandte ich ein: »Aber man kann doch nicht alles tun, was einem einfällt! Man darf doch auch nicht einen Menschen umbringen, weil er einem zuwider ist.«

Er rückte näher zu mir.

»Unter Umständen darf man auch das. Es ist nur meistens ein Irrtum. Ich meine auch nicht, Sie sollen einfach alles das tun, was Ihnen durch den Sinn geht. Nein, aber Sie sollen diese Einfälle, die ihren guten Sinn haben, nicht dadurch schädlich machen, daß Sie sie vertreiben und an ihnen herummoralisieren. Statt sich oder einen andern ans Kreuz zu schlagen, kann man aus einem Kelch mit feierlichen Gedanken Wein trinken und dabei das Mysterium des Opfers denken. Man kann, auch ohne solche Handlungen, seine Triebe und sogenannten Anfechtungen mit Achtung und Liebe behandeln. Dann zeigen sie ihren Sinn, und sie haben alle Sinn. – Wenn Ihnen wieder einmal etwas recht Tolles oder Sündhaftes einfällt, Sinclair, wenn Sie jemand umbringen oder irgendeine gigantische Unflätigkeit begehen möchten, dann denken Sie einen Augenblick daran, daß es Abraxas ist, der so in Ihnen phantasiert! Der Mensch, den Sie töten möchten, ist ja nie der Herr Soundso, er ist sicher nur eine Verkleidung. Wenn wir einen Menschen hassen, so hassen wir in seinem Bild etwas, was in uns selber sitzt. Was nicht in uns selber ist, das regt uns nicht auf.«

Nie hatte mir Pistorius etwas gesagt, was mich so tief im Heimlichsten getroffen hatte. Ich konnte nicht antworten. Was mich aber am stärksten und sonderbarsten berührt hatte, das war der Gleichklang dieses Zuspruches mit Worten Demians, die ich seit Jahren und Jahren in mir trug. Sie wußten nichts voneinander, und beide sagten mir dasselbe.

»Die Dinge, die wir sehen«, sagte Pistorius leise, »sind dieselben Dinge, die in uns sind. Es gibt keine Wirklichkeit als die, die wir in uns haben. Darum leben die meisten Menschen so unwirklich, weil sie die Bilder außerhalb für das Wirkliche halten und ihre eigene Welt in sich gar nicht zu Worte kommen lassen. Man kann glücklich dabei sein. Aber wenn man einmal das andere weiß, dann hat man die Wahl nicht mehr, den Weg der meisten zu gehen. Sinclair, der Weg der meisten ist leicht, unsrer ist schwer. – Wir wollen gehen.«

Einige Tage später, nachdem ich zweimal vergebens auf ihn gewartet hatte, traf ich ihn spät am Abend auf der Straße an, wie er einsam im kalten Nachtwinde um eine Ecke geweht kam, stolpernd und ganz betrunken. Ich mochte ihn nicht anrufen. Er kam an mir vorbei, ohne mich zu sehen, und starrte vor sich hin mit glühenden und vereinsamten Augen, als folge er einem dunklen Ruf aus dem Unbekannten. Ich folgte ihm eine Straße lang, er trieb wie an unsichtbarem Draht gezogen dahin, mit fanatischem und doch aufgelöstem Gang, wie ein Gespenst. Traurig ging ich nach Hause zurück, zu meinen unerlösten Träumen.

»So erneuert er nun die Welt in sich!« dachte ich und fühlte noch im selben Augenblick, daß das niedrig und moralisch gedacht sei. Was wußte ich von seinen Träumen? Er ging vielleicht in seinem Rausch den sicherern Weg als ich in meiner Bangnis.

In den Pausen zwischen den Schulstunden war mir zuweilen aufgefallen, daß ein Mitschüler meine Nähe suchte, den ich nie beachtet hatte. Es war ein kleiner, schwach aussehender, schmächtiger Jüngling mit röt-lichblondem, dünnem Haar, der in Blick und Beneh-men etwas Eigenes hatte. Eines Abends, als ich nach Hause kam, lauerte er in der Gasse auf mich, ließ mich an sich vorübergehen, lief mir dann wieder nach und blieb vor unsrer Haustür stehen.

»Willst du etwas von mir?« fragte ich.

»Ich möchte bloß einmal mit dir sprechen«, sagte er schüchtern. »Sei so gut und komm ein paar Schritte mit.«

Ich folgte ihm und spürte, daß er tief erregt und voll Erwartung war. Seine Hände zitterten.

»Bist du Spiritist?« fragte er ganz plötzlich.

»Nein, Knauer«, sagte ich lachend. »Keine Spur da-von. Wie kommst du auf so etwas?«

»Aber Theosoph bist du?«

»Auch nicht.«

»Ach, sei nicht so verschlossen! Ich spüre doch ganz gut, daß etwas Besonderes mit dir ist. Du hast es in den Augen. Ich glaube bestimmt, daß du Umgang mit Geistern hast. – Ich frage nicht aus Neugierde, Sin-clair, nein! Ich bin selber ein Suchender, weißt du, und ich bin so allein.«

»Erzähle nur!« munterte ich ihn auf. »Ich weiß von Geistern zwar gar nichts, ich lebe in meinen Träumen, und das hast du gespürt. Die anderen Leute leben auch in Träumen, aber nicht in ihren eigenen, das ist der Unterschied.«

»Ja, so ist es vielleicht«, flüsterte er. »Es kommt nur drauf an, welcher Art die Träume sind, in denen man lebt. – Hast du schon von der weißen Magie ge-hört?«

Ich mußte verneinen.

»Das ist, wenn man lernt, sich selber zu beherrschen. Man kann unsterblich werden und auch zaubern. Hast du nie solche Übungen gemacht?«

Auf meine neugierige Frage nach diesen Übungen tat er erst geheimnisvoll, bis ich mich zum Gehen wandte, dann kramte er aus.

»Zum Beispiel, wenn ich einschlafen oder auch mich konzentrieren will, dann mache ich eine solche Übung. Ich denke mir irgend etwas, zum Beispiel ein Wort oder einen Namen, oder eine geometrische Figur. Die denke ich dann in mich hinein, so stark ich kann, ich suche sie mir innen in meinem Kopf vorzustellen, bis ich fühle, daß sie darin ist. Dann denke ich sie in den Hals, und so weiter, bis ich ganz davon ausgefüllt bin. Dann bin ich ganz fest, und nichts mehr kann mich aus der Ruhe bringen.«

Ich begriff einigermaßen, wie er es meine. Doch fühlte ich wohl, daß er noch anderes auf dem Herzen habe, er war seltsam erregt und hastig. Ich suchte ihm das Fragen leicht zu machen, und bald kam er denn mit seinem eigentlichen Anliegen.

»Du bist doch auch enthaltsam?« fragte er mich ängstlich.

»Wie meinst du das? Meinst du das Geschlechtliche?«

»Ja, ja. Ich bin jetzt seit zwei Jahren enthaltsam, seit ich von der Lehre weiß. Vorher habe ich ein Laster getrieben, du weißt schon. – Du bist also nie bei einem Weib gewesen?«

»Nein«, sagte ich. »Ich habe die Richtige nicht gefunden.«

»Aber wenn du die fändest, von der du meinst, sie sei die Richtige, dann würdest du mit ihr schlafen?«

»Ja, natürlich. – Wenn sie nichts dagegen hat«, sagte ich mit etwas Spott.

»Oh, da bist du aber auf dem falschen Weg! Die inneren Kräfte kann man nur ausbilden, wenn man völlig enthaltsam bleibt. Ich habe es getan, zwei Jahre lang. Zwei Jahre und etwas mehr als einen Monat! Es ist so schwer! Manchmal kann ich es kaum mehr aushalten.«

»Höre, Knauer, ich glaube nicht, daß die Enthaltsamkeit so furchtbar wichtig ist.«

»Ich weiß«, wehrte er ab, »das sagen alle. Aber von dir habe ich es nicht erwartet. Wer den höheren geistigen Weg gehen will, der muß rein bleiben, unbedingt!«

»Ja, dann tu es! Aber ich begreife nicht, warum einer ›reiner‹ sein soll, der sein Geschlecht unterdrückt, als irgendein anderer. Oder kannst du das Geschlechtliche auch aus allen Gedanken und Träumen ausschalten?«

Er sah mich verzweifelt an.

»Nein, eben nicht! Herrgott, und doch muß es sein. Ich habe in der Nacht Träume, die ich nicht einmal mir selber erzählen könnte! Furchtbare Träume, du!«

Ich erinnerte mich dessen, was Pistorius mir gesagt hatte. Aber so sehr ich seine Worte als richtig empfand, ich konnte sie nicht weitergeben, ich konnte nicht einen Rat erteilen, der nicht aus meiner eigenen Erfahrung herkam und dessen Befolgung ich mich selber noch nicht gewachsen fühlte. Ich wurde schweigsam und fühlte mich dadurch gedemütigt, daß da jemand Rat bei mir suchte, dem ich keinen zu geben hatte.

»Ich habe alles probiert!« jammerte Knauer neben mir. »Ich habe getan, was man tun kann, mit kaltem Wasser, mit Schnee, mit Turnen und Laufen, aber es hilft alles nichts. Jede Nacht wache ich aus Träumen auf, an die ich gar nicht denken darf. Und das Entsetzliche ist: darüber geht mir allmählich alles wieder verloren, was ich geistig gelernt hatte. Ich bringe es beinahe nie mehr fertig, mich zu konzentrieren oder mich einzuschläfern, oft liege ich die ganze Nacht wach. Ich halte das nimmer lang aus. Wenn ich schließlich doch den Kampf nicht durchführen kann, wenn ich nachgebe und mich wieder unrein mache, dann bin ich schlechter als alle anderen, die überhaupt nie gekämpft haben. Das begreifst du doch?«

Ich nickte, konnte aber nichts dazu sagen. Er begann mich zu langweilen, und ich erschrak vor mir selber, daß mir seine offensichtliche Not und Verzweiflung keinen tiefern Eindruck machte. Ich empfand nur: ich kann dir nicht helfen.

»Also weißt du mir gar nichts?« sagte er schließlich erschöpft und traurig. »Gar nichts? Es muß doch einen Weg geben! Wie machst denn du es?«

»Ich kann dir nichts sagen, Knauer. Man kann einander da nicht helfen. Mir hat auch niemand geholfen. Du mußt dich auf dich selber besinnen, und dann mußt du das tun, was wirklich aus deinem Wesen kommt. Es gibt nichts anderes. Wenn du dich selber nicht finden kannst, dann wirst du auch keine Geister finden, glaube ich.«

Enttäuscht und plötzlich stumm geworden, sah der kleine Kerl mich an. Dann glühte sein Blick in plötzlicher Gehässigkeit auf, er schnitt mir eine Grimasse und schrie wütend: »Ah, du bist mir ein schöner Heiliger! Du hast auch dein Laster, ich weiß es! Du tust wie ein Weiser und heimlich hängst du am gleichen Dreck wie ich und alle! Du bist ein Schwein, ein Schwein, wie ich selber. Alle sind wir Schweine!«

Ich ging weg und ließ ihn stehen. Er tat mir zwei, drei Schritte nach, dann blieb er zurück, kehrte um und rannte davon. Mir wurde übel aus einem Gefühl von Mitleid und Abscheu, und ich kam von dem Gefühl nicht los, bis ich zu Hause in meinem kleinen Zimmerchen meine paar Bilder um mich stellte und mich mit sehnlichster Innigkeit meinen eigenen Träumen hingab. Da kam sofort mein Traum wieder, vom Haustor und Wappen, von der Mutter und der fremden Frau, und ich sah die Züge der Frau so überdeutlich, daß ich noch am selben Abend ihr Bild zu zeichnen begann.

Als diese Zeichnung nach einigen Tagen fertig war, in traumhaften Viertelstunden wie bewußtlos hingestrichen, hängte ich sie am Abend an meiner Wand auf, rückte die Studierlampe davor und stand vor ihr wie vor einem Geist, mit dem ich kämpfen mußte bis zur Entscheidung. Es war ein Gesicht, ähnlich dem frühern, ähnlich meinem Freund Demian, in einigen Zügen auch ähnlich mir selber. Das eine Auge stand auffallend höher als das andere, der Blick ging über mich weg in versunkener Starrheit, voll von Schicksal.

Ich stand davor und wurde vor innerer Anstrengung

kalt bis in die Brust hinein. Ich fragte das Bild, ich klagte es an, ich liebkoste es, ich betete zu ihm; ich nannte es Mutter, ich nannte es Geliebte, nannte es Hure und Dirne, nannte es Abraxas. Dazwischen fielen Worte von Pistorius – oder von Demian? – mir ein; ich konnte mich nicht erinnern, wann sie gesprochen waren, aber ich meinte sie wieder zu hören. Es waren Worte über den Kampf Jakobs mit dem Engel Gottes, und das »Ich lasse dich nicht, du segnest mich denn«.

Das gemalte Gesicht im Lampenschein verwandelte sich bei jeder Anrufung. Es wurde hell und leuchtend, wurde schwarz und finster, schloß fahle Lider über erstorbenen Augen, öffnete sie wieder und blitzte glühende Blicke, es war Frau, war Mann, war Mädchen, war ein kleines Kind, ein Tier, verschwamm zum Fleck, wurde wieder groß und klar. Am Ende schloß ich, einem starken, inneren Rufe folgend, die Augen und sah nun das Bild inwendig in mir, stärker und mächtiger. Ich wollte vor ihm niederknien, aber es war so sehr in mir innen, daß ich es nicht mehr von mir trennen konnte, als wäre es zu lauter Ich geworden.

Da hörte ich ein dunkles, schweres Brausen wie von einem Frühjahrssturm und zitterte in einem unbeschreiblich neuen Gefühl von Angst und Erlebnis. Sterne zuckten vor mir auf und erloschen, Erinnerungen bis in die erste, vergessenste Kinderzeit zurück, ja bis in Vorexistenzen und frühe Stufen des Werdens, strömten gedrängt an mir vorüber. Aber die Erinnerungen, die mir mein ganzes Leben bis ins Geheimste zu wiederholen schienen, hörten mit gestern und heute nicht auf, sie gingen weiter, spiegelten Zukunft, rissen mich von heute weg und in neue Lebensformen, deren Bilder ungeheuer hell und blendend waren, an deren keines ich mich aber später richtig erinnern konnte.

In der Nacht erwachte ich aus tiefem Schlaf, ich war in den Kleidern und lag quer überm Bett. Ich zündete Licht an, fühlte, daß ich mich auf Wichtiges besinnen müsse, wußte nichts mehr von den Stunden vorher. Ich zündete Licht an, die Erinnerung kam allmählich. Ich suchte das Bild, es hing nicht mehr an der Wand, lag auch nicht auf dem Tische. Da meinte ich mich dunkel zu besinnen, daß ich es verbrannt hätte. Oder war es ein Traum gewesen, daß ich es in meinen Händen verbrannt und die Asche gegessen hätte?

Eine große zuckende Unruhe trieb mich. Ich setzte den Hut auf, ging durch Haus und Gasse, wie unter einem Zwang, lief und lief durch Straßen und über Plätze wie von einem Sturm geweht, lauschte vor der finstern Kirche meines Freundes, suchte und suchte in dunklem Trieb, ohne zu wissen was. Ich kam durch eine Vorstadt, wo Dirnenhäuser standen, dort war hier und da noch Licht. Weiter draußen lagen Neubauten und Ziegelhaufen, zum Teil mit grauem Schnee bedeckt. Mir fiel, da ich wie ein Traumwandler unter einem fremden Druck durch diese Wüste trieb, der Neubau in meiner Vaterstadt ein, in welchen mich einst mein Peiniger Kromer zu unserer ersten Abrechnung gezogen hatte. Ein ähnlicher Bau lag in der Nacht hier vor mir, gähnte mit schwarzem Türloch mich an. Es zog mich hinein, ich wollte ausweichen und stolperte über Sand und Schutt; der Drang war stärker, ich mußte hinein.

Über Bretter und zerbrochene Backsteine hinweg taumelte ich in den öden Raum, es roch trübe nach feuchter Kälte und Steinen. Ein Sandhaufen lag da, ein grauheller Fleck, sonst war alles dunkel.

Da rief eine entsetzte Stimme mich an: »Um Gottes willen, Sinclair, wo kommst du her?«

Und neben mir richtete aus der Finsternis ein Mensch sich auf, ein kleiner magerer Bursch, wie ein Geist, und ich erkannte, während mir noch die Haare zu Berg standen, meinen Schulkameraden Knauer.

»Wie kommst du hierher?« fragte er, wie irr vor Erregung. »Wie hast du mich finden können?«

Ich verstand nicht.

»Ich habe dich nicht gesucht«, sagte ich benommen; jedes Wort machte mir Mühe und kam mir mühsam über tote, schwere, wie erfrorene Lippen.

Er starrte mich an.

»Nicht gesucht?«

»Nein. Es zog mich her. Hast du mich gerufen? Du mußt mich gerufen haben. Was tust du denn hier? Es ist doch Nacht.«

Er umschlang mich krampfhaft mit seinen dünnen Armen.

»Ja, Nacht. Es muß bald Morgen werden. O Sinclair, daß du mich nicht vergessen hast! Kannst du mir denn verzeihen?«

»Was denn?«

»Ach, ich war ja so häßlich!«

Erst jetzt kam mir die Erinnerung an unser Gespräch. War das vor vier, fünf Tagen gewesen? Mir schien seither ein Leben vergangen. Aber jetzt wußte ich plötzlich alles. Nicht nur, was zwischen uns geschehen war, sondern auch, warum ich hergekommen war und was Knauer hier draußen hatte tun wollen.

»Du wolltest dir also das Leben nehmen, Knauer?«
Er schauderte vor Kälte und vor Angst.

»Ja, ich wollte. Ich weiß nicht, ob ich es gekonnt hätte. Ich wollte warten, bis es Morgen wird.«
Ich zog ihn ins Freie. Die ersten waagrechten Lichtstreifen des Tages glommen unsäglich kalt und lustlos in den grauen Lüften.

Ich führte den Jungen eine Strecke weit am Arm. Es sprach aus mir: »Jetzt gehst du nach Hause und sagst niemand etwas! Du bist den falschen Weg gegangen, den falschen Weg! Wir sind auch nicht Schweine, wie du meinst. Wir sind Menschen. Wir machen Götter und kämpfen mit ihnen, und sie segnen uns.«
Schweigend gingen wir weiter und auseinander. Als ich heimkam, war es Tag geworden.

Das Beste, was mir jene Zeit in St. noch brachte, waren Stunden mit Pistorius an der Orgel oder vor dem Kaminfeuer. Wir lasen einen griechischen Text über Abraxas zusammen, er las mir Stücke einer Übersetzung aus den Veden vor und lehrte mich das heilige »Om« sprechen. Indessen waren es nicht diese Gelehrsamkeiten, die mich im Innern förderten, sondern eher das Gegenteil. Was mir wohltat, war das Vorwärtsfinden in mir selber, das zunehmende Vertrauen in meine eigenen Träume, Gedanken und Ahnungen, und das zunehmende Wissen von der Macht, die ich in mir trug.

Mit Pistorius verstand ich mich auf jede Weise. Ich brauchte nur stark an ihn zu denken, so war ich sicher, daß er oder ein Gruß von ihm zu mir kam. Ich konnte ihn, ebenso wie Demian, irgend etwas fragen, ohne daß er selbst da war: ich brauchte ihn mir nur fest vorzustellen und meine Fragen als intensive Gedanken an ihn zu richten. Dann kehrte alle in die Frage gegebene Seelenkraft als Antwort in mich zurück. Nur war es nicht die Person des Pistorius, die ich mir vorstellte, und nicht die des Max Demian, sondern es war das von mir geträumte und gemalte Bild, das mannweibliche Traumbild meines Dämons, das ich anrufen mußte. Es lebte jetzt nicht mehr nur in meinen Träumen und nicht mehr gemalt auf Papier, sondern in mir, als ein Wunschbild und eine Steigerung meiner selbst.

Eigentümlich und zuweilen komisch war das Verhältnis, in welches der mißglückte Selbstmörder Knauer zu mir getreten war. Seit der Nacht, in der ich ihm gesendet worden war, hing er an mir wie ein treuer Diener oder Hund, suchte sein Leben an meines zu knüpfen und folgte mir blindlings. Mit den wunderlichsten Fragen und Wünschen kam er zu mir, wollte Geister sehen, wollte die Kabbala lernen, und glaubte mir nicht, wenn ich ihm versicherte, daß ich von all diesen Sachen nichts verstünde. Er traute mir jede Macht zu. Aber seltsam war, daß er oft mit seinen wunderlichen und dummen Fragen gerade dann zu mir kam, wenn irgendein Knoten in mir zu lösen war, und daß seine launischen Einfälle und Anliegen mir oft das Stichwort und den Anstoß zur Lösung brachten. Oft war er mir lästig und wurde herrisch weggeschickt, aber ich spürte doch: auch er war mir gesandt, auch aus ihm kam das, was ich ihm gab, verdoppelt in mich zurück, auch er war mir ein Führer, oder doch ein Weg. Die tollen Bücher und Schriften, die er mir zutrug und in denen er sein Heil suchte, lehrten mich mehr, als ich im Augenblick einsehen konnte.

Dieser Knauer verlor sich später ungefühlt von meinem Weg. Mit ihm war eine Auseinandersetzung nicht nötig. Wohl aber mit Pistorius. Mit diesem Freunde erlebte ich gegen den Schluß meiner Schulzeit in St. noch etwas Eigentümliches.

Auch den harmlosen Menschen bleibt es kaum erspart, einmal oder einigemal im Leben in Konflikt mit den schönen Tugenden der Pietät und der Dankbarkeit zu geraten. Jeder muß einmal den Schritt tun, der ihn von seinem Vater, von seinen Lehrern trennt, jeder muß etwas von der Härte der Einsamkeit spüren, wenn auch die meisten Menschen wenig davon ertragen können und bald wieder unterkriechen. – Von meinen Eltern und ihrer Welt, der »lichten« Welt meiner schönen Kindheit, war ich nicht in heftigem Kampf geschieden, sondern langsam und fast unmerklich ihnen ferner gekommen und fremder geworden. Es tat mir leid, es machte mir bei den Besuchen in der Heimat oft bittere Stunden; aber es ging nicht bis ins Herz, es war zu ertragen.

Aber dort, wo wir nicht aus Gewohnheit, sondern aus eigenstem Antrieb Liebe und Ehrfurcht dargebracht haben, da, wo wir mit eigenstem Herzen Jünger und Freunde gewesen sind – dort ist es ein bitterer und furchtbarer Augenblick, wenn wir plötzlich zu erkennen meinen, daß die führende Strömung in uns von dem Geliebten wegführen will. Da richtet jeder Gedanke, der den Freund und Lehrer abweist, sich mit giftigem Stachel gegen unser eigenes Herz, da trifft jeder Hieb der Abwehr ins eigene Gesicht. Da tauchen dem, der eine gültige Moral in sich selber zu tragen meinte, die Namen »Treulosigkeit« und »Undankbarkeit« wie schändliche Zurufe und Brandmäler auf, da flieht das erschrockene Herz angstvoll in die lieben Täler der Kindheitstugenden zurück und kann nicht daran glauben, daß auch dieser Bruch getan, daß auch dieses Band zerschnitten werden muß.

Langsam hatte ein Gefühl in mir sich mit der Zeit dagegen gewendet, meinen Freund Pistorius so unbedingt als Führer anzuerkennen. Was ich in den wichtigsten Monaten meiner Jünglingszeit erlebt hatte, war die Freundschaft mit ihm, war sein Rat, sein Trost, seine Nähe gewesen. Aus ihm hatte Gott zu mir gesprochen. Aus seinem Munde waren meine Träume mir zurückgekehrt, geklärt und gedeutet. Er hatte mir den Mut zu mir selber geschenkt. – Ach, und nun spürte ich langsam anwachsend Widerstände gegen ihn. Ich hörte zu viel Belehrendes in seinen Worten, ich empfand, daß er nur einen Teil von mir ganz verstehe.

Es gab keinen Streit, keine Szene zwischen uns, keinen Bruch und nicht einmal eine Abrechnung. Ich sagte ihm nur ein einziges, eigentlich harmloses Wort – aber es war doch eben der Augenblick, in dem zwischen uns eine Illusion in farbige Scherben zerfiel.

Gedrückt hatte die Vorausahnung mich schon eine Weile, zum deutlichen Gefühl wurde sie eines Sonntags in seiner alten Gelehrtenstube. Wir lagen am Boden vor dem Feuer, und er sprach von Mysterien und

Religionsformen, die er studierte, an denen er sann, und deren mögliche Zukunft ihn beschäftigte. Mir aber schien dies alles mehr kurios und interessant als lebenswichtig, es klang mir Gelehrsamkeit, es klang mir müdes Suchen unter Trümmern ehemaliger Welten daraus entgegen. Und mit einem Male spürte ich einen Widerwillen gegen diese ganze Art, gegen diesen Kultus der Mythologien, gegen dieses Mosaikspiel mit überlieferten Glaubensformen.

»Pistorius«, sagte ich plötzlich, mit einer mir selber überraschend und erschreckend hervorbrechenden Bosheit, »Sie sollten mir wieder einmal einen Traum erzählen, einen wirklichen Traum, den Sie in der Nacht gehabt haben. Das, was Sie da reden, ist so – so verflucht antiquarisch!«

Er hatte mich niemals so reden hören, und ich selbst empfand im selben Augenblick blitzhaft mit Scham und Schrecken, daß der Pfeil, den ich auf ihn abschoß und der ihn ins Herz traf, aus seiner eigenen Rüstkammer genommen war – daß ich Selbstvorwürfe, die ich ihn in ironischem Ton gelegentlich hatte äußern hören, nun boshaft ihm in zugespitzter Form zuwarf.

Er spürte es augenblicklich, und er wurde sofort still. Ich sah ihn mit Angst im Herzen an und sah ihn furchtbar bleich werden.

Nach einer langen schweren Pause legte er neues Holz aufs Feuer und sagte still: »Sie haben ganz recht, Sinclair, Sie sind ein kluger Kerl. Ich werde Sie mit dem antiquarischen Zeug verschonen.«

Er sprach sehr ruhig, aber ich hörte den Schmerz der Verwundung wohl heraus. Was hatte ich getan!

Die Tränen waren mir nah, ich wollte mich ihm herzlich zuwenden, wollte ihn um Verzeihung bitten, ihn meiner Liebe, meiner zärtlichen Dankbarkeit versichern. Rührende Worte fielen mir ein – aber ich konnte sie nicht sagen. Ich blieb liegen, sah ins Feuer und schwieg. Und er schwieg auch, und so lagen wir, und das Feuer brannte herab und sank zusammen, und mit jeder verblaffenden Flamme fühlte ich etwas Schönes und Inniges verglühen und verfliegen, das nicht wiederkommen konnte.

»Ich fürchte, Sie verstehen mich falsch«, sagte ich schließlich sehr gepreßt und mit trockener, heiserer Stimme. Die dummen, sinnlosen Worte kamen mir wie mechanisch über die Lippen, als läse ich aus einem Zeitungsroman vor.

»Ich verstehe Sie ganz richtig«, sagte Pistorius leis. »Sie haben ja recht.« Er wartete. Dann fuhr er langsam fort: »Soweit ein Mensch eben gegen den andern recht haben kann.«

Nein, nein, rief es in mir, ich habe unrecht! – aber sagen konnte ich nichts. Ich wußte, daß ich mit meinem einzigen, kleinen Wort ihn auf eine wesentliche Schwäche, auf seine Not und Wunde hingewiesen hatte. Ich hatte den Punkt berührt, wo er sich selber mißtrauen mußte. Sein Ideal war »antiquarisch«, er war ein Sucher nach rückwärts, er war ein Romantiker. Und plötzlich fühlte ich tief: gerade das, was Pistorius mir gewesen war und gegeben hatte, das konnte er sich selbst nicht sein und geben. Er hatte mich einen Weg geführt, der auch ihn, den Führer, überschreiten und verlassen mußte.

Weiß Gott, wie solch ein Wort entsteht! Ich hatte es

gar nicht schlimm gemeint, hatte keine Ahnung von einer Katastrophe gehabt. Ich hatte etwas ausgesprochen, was ich im Augenblick des Aussprechens selber durchaus nicht wußte, ich hatte einem kleinen, etwas witzigen, etwas boshaften Einfall nachgegeben, und es war Schicksal daraus geworden. Ich hatte eine kleine, achtlose Roheit begangen, und für ihn war sie ein Gericht geworden.

O wie sehr habe ich mir damals gewünscht, er möchte böse geworden sein, er möchte sich verteidigt, möchte mich angeschrien haben! Er tat nichts davon, alles das mußte ich, in mir drinnen, selber tun. Er hätte gelächelt, wenn er gekonnt hätte. Daß er es nicht konnte, daran sah ich am besten, wie sehr ich ihn getroffen hatte.

Und indem Pistorius den Schlag von mir, von seinem vorlauten und undankbaren Schüler, so lautlos hinnahm, indem er schwieg und mir Recht ließ, indem er mein Wort als Schicksal anerkannte, machte er mich mir selbst verhaßt, machte er meine Unbesonnenheit tausendmal größer. Als ich zuschlug, hatte ich einen Starken und Wehrhaften zu treffen gemeint – nun war es ein stiller, duldender Mensch, ein Wehrloser, der sich schweigend ergab.

Lange Zeit blieben wir vor dem verglimmenden Feuer liegen, in dem jede glühende Figur, jeder sich krümmende Aschenstab mir glückliche, schöne, reiche Stunden ins Gedächtnis rief und die Schuld meiner Verpflichtung gegen Pistorius größer und größer anhäufte. Zuletzt ertrug ich es nicht mehr. Ich stand auf und ging. Lange stand ich vor seiner Tür, lange auf der finsteren Treppe, lange noch draußen vor dem

Hause wartend, ob er vielleicht käme und mir nach-
ginge. Dann ging ich weiter und lief Stunden um Stunden durch Stadt und Vorstädte, Park und Wald, bis
zum Abend. Und damals spürte ich zum erstenmal
das Zeichen Kains auf meiner Stirn.

Nur allmählich kam ich zum Nachdenken. Meine Gedanken hatten alle die Absicht, mich anzuklagen und
Pistorius zu verteidigen. Und alle endeten mit dem
Gegenteil. Tausendmal war ich bereit, mein rasches
Wort zu bereuen und zurückzunehmen – aber wahr
war es doch gewesen. Erst jetzt gelang es mir, Pistorius zu verstehen, seinen ganzen Traum vor mir aufzubauen. Dieser Traum war gewesen, ein Priester zu
sein, die neue Religion zu verkünden, neue Formen
der Erhebung, der Liebe und Anbetung zu geben,
neue Symbole aufzurichten. Aber dies war nicht seine
Kraft, nicht sein Amt. Er verweilte allzu warm im Ge-
wesenen, er kannte allzu genau das Ehemalige, er
wußte allzu viel von Ägypten, von Indien, von Mi-
thras, von Abraxas. Seine Liebe war an Bilder gebunden, welche die Erde schon gesehen hatte, und dabei
wußte er im Innersten selber wohl, daß das Neue neu
und anders sein, daß es aus frischem Boden quellen
und nicht aus Sammlungen und Bibliotheken geschöpft werden mußte. Sein Amt war vielleicht, Menschen zu sich selbst führen zu helfen, wie er es mit mir
getan hatte. Ihnen das Unerhörte zu geben, die neuen
Götter, war sein Amt nicht.

Und hier brannte mich plötzlich wie eine scharfe
Flamme die Erkenntnis: – es gab für jeden ein »Amt«,
aber für keinen eines, das er selber wählen, umschrei-
ben und beliebig verwalten durfte. Es war falsch, neue

149

Götter zu wollen, es war völlig falsch, der Welt irgend etwas geben zu wollen! Es gab keine, keine, keine Pflicht für erwachte Menschen als die eine: sich selber zu suchen, in sich fest zu werden, den eigenen Weg vorwärts zu tasten, einerlei wohin er führte. – Das erschütterte mich tief, und das war die Frucht dieses Erlebnisses für mich. Oft hatte ich mit Bildern der Zukunft gespielt, ich hatte von Rollen geträumt, die mir zugedacht sein könnten, als Dichter vielleicht oder als Prophet, oder als Maler, oder irgendwie. All das war nichts. Ich war nicht da, um zu dichten, um zu predigen, um zu malen, weder ich noch sonst ein Mensch war dazu da. Das alles ergab sich nur nebenher. Wahrer Beruf für jeden war nur das eine: zu sich selbst zu kommen. Er mochte als Dichter oder als Wahnsinniger, als Prophet oder als Verbrecher enden – dies war nicht seine Sache, ja dies war letzten Endes belanglos. Seine Sache war, das eigene Schicksal zu finden, nicht ein beliebiges, und es in sich auszuleben, ganz und ungebrochen. Alles andere war halb, war Versuch zu entrinnen, war Rückflucht ins Ideale der Masse, war Anpassung und Angst vor dem eigenen Innern. Furchtbar und heilig stieg das neue Bild vor mir auf, hundertmal geahnt, vielleicht oft schon ausgesprochen, und doch erst jetzt erlebt. Ich war ein Wurf der Natur, ein Wurf ins Ungewisse, vielleicht zu Neuem, vielleicht zu Nichts, und diesen Wurf aus der Urtiefe auswirken zu lassen, seinen Willen in mir zu fühlen und ihn ganz zu meinem zu machen, das allein war mein Beruf. Das allein!
Viel Einsamkeit hatte ich schon gekostet. Nun ahnte ich, daß es tiefere gab, und daß sie unentrinnbar sei.

Ich machte keinen Versuch, Pistorius zu versöhnen. Wir blieben Freunde, aber das Verhältnis war geändert. Nur ein einziges Mal sprachen wir darüber, oder eigentlich nur er war es, der es tat. Er sagte: »Ich habe den Wunsch, Priester zu werden, das wissen Sie. Ich wollte am liebsten der Priester der neuen Religion werden, von der wir so manche Ahnungen haben. Ich werde es nie sein können – ich weiß es und wußte es, ohne es mir ganz zu gestehen, schon lange. Ich werde eben andere Priesterdienste tun, vielleicht auf der Orgel, vielleicht sonstwie. Aber ich muß immer von etwas umgeben sein, was ich als schön und heilig empfinde, Orgelmusik und Mysterium, Symbol und Mythus, ich brauche das und will nicht davon lassen. – Das ist meine Schwäche. Denn ich weiß manchmal, Sinclair, ich weiß zuzeiten, daß ich solche Wünsche nicht haben sollte, daß sie Luxus und Schwäche sind. Es wäre größer, es wäre richtiger, wenn ich ganz einfach dem Schicksal zur Verfügung stünde, ohne Ansprüche. Aber ich kann das nicht; es ist das einzige, was ich nicht kann. Vielleicht können Sie es einmal. Es ist schwer, es ist das einzige wirklich Schwere, was es gibt, mein Junge. Ich habe oft davon geträumt, aber ich kann nicht, es schaudert mich davor: ich kann nicht so völlig nackt und einsam stehen, auch ich bin ein armer, schwacher Hund, der etwas Wärme und Futter braucht und gelegentlich die Nähe von seinesgleichen spüren möchte. Wer wirklich gar nichts will als sein Schicksal, der hat nicht seinesgleichen mehr, der steht ganz allein und hat nur den kalten Weltenraum um sich. Wissen Sie, das ist Jesus im Garten Gethsemane. Es hat Märtyrer gegeben, die sich gern ans Kreuz schlagen ließen, aber auch sie waren keine Helden, waren nicht befreit, auch sie wollten etwas, was ihnen liebgewohnt und heimatlich war, sie hatten Vorbilder, sie hatten Ideale. Wer nur noch das Schicksal will, der hat weder Vorbilder noch Ideale mehr, nichts Liebes, nichts Tröstliches hat er! Und diesen Weg müßte man eigentlich gehen. Leute wie ich und Sie sind ja recht einsam, aber wir haben doch noch einander, wir haben die heimliche Genugtuung, anders zu sein, uns aufzulehnen, das Ungewöhnliche zu wollen. Auch das muß wegfallen, wenn einer den Weg ganz gehen will. Er darf auch nicht Revolutionär, nicht Beispiel, nicht Märtyrer sein wollen. Es ist nicht auszudenken —«

Nein, es war nicht auszudenken. Aber es war zu träumen, es war vorzufühlen, es war zu ahnen. Einigemal fühlte ich etwas davon, wenn ich eine ganz stille Stunde fand. Dann blickte ich in mich und sah meinem Schicksalsbild in die offen starren Augen. Sie konnten voll Weisheit sein, sie konnten voll Wahnsinn sein, sie konnten Liebe strahlen oder tiefe Bosheit, es war einerlei. Nichts davon durfte man wählen, nichts durfte man wollen. Man durfte nur sich wollen, nur sein Schicksal. Dahin hatte mir Pistorius eine Strecke weit als Führer gedient.

In jenen Tagen lief ich wie blind umher, Sturm brauste in mir, jeder Schritt war Gefahr. Ich sah nichts als die abgründige Dunkelheit vor mir, in welche alle bisherigen Wege verliefen und hinabsanken. Und in meinem Innern sah ich das Bild des Führers, der Demian glich und in dessen Augen mein Schicksal stand. Ich schrieb auf ein Papier: »Ein Führer hat mich verlassen. Ich stehe ganz im Finstern. Ich kann keinen Schritt allein tun. Hilf mir!«

Das wollte ich an Demian schicken. Doch unterließ ich es; er sah jedesmal, wenn ich es tun wollte, läppisch und sinnlos aus. Aber ich wußte das kleine Gebet auswendig und sprach es oft in mich hinein. Es begleitete mich jede Stunde. Ich begann zu ahnen, was Gebet ist.

Meine Schulzeit war zu Ende. Ich sollte eine Ferienreise machen, mein Vater hatte sich das ausgedacht, und dann sollte ich zur Universität gehen. Zu welcher Fakultät, das wußte ich nicht. Es war mir ein Semester Philosophie bewilligt. Ich wäre mit allem andern ebenso zufrieden gewesen.

Siebentes Kapitel
Frau Eva

In den Ferien ging ich einmal zu dem Hause, in welchem vor Jahren Max Demian mit seiner Mutter gewohnt hatte. Eine alte Frau spazierte im Garten, ich sprach sie an und erfuhr, daß ihr das Haus gehöre. Ich fragte nach der Familie Demian. Sie erinnerte sich ihrer gut. Doch wußte sie nicht, wo sie jetzt wohnten. Da sie mein Interesse spürte, nahm sie mich mit ins Haus, suchte ein ledernes Album hervor und zeigte mir eine Photographie von Demians Mutter. Ich konnte mich ihrer kaum mehr erinnern. Aber als ich nun das kleine Bildnis sah, blieb mir der Herzschlag stehen. – Das war mein Traumbild! Das war sie, die große, fast männliche Frauenfigur, ihrem Sohne ähnlich, mit Zügen von Mütterlichkeit, Zügen von Strenge, Zügen von tiefer Leidenschaft, schön und verlockend, schön und unnahbar, Dämon und Mutter, Schicksal und Geliebte. Das war sie!

Wie ein wildes Wunder durchfuhr es mich, als ich so erfuhr, daß mein Traumbild auf der Erde lebe! Es gab eine Frau, die so aussah, die die Züge meines Schicksals trug! Wo war sie? Wo? – Und sie war Demians Mutter.

Bald darauf trat ich meine Reise an. Eine sonderbare Reise! Ich fuhr rastlos von Ort zu Ort, jedem Einfall nach, immer auf der Suche nach dieser Frau. Es gab Tage, da traf ich lauter Gestalten, die an sie erinnerten, an sie anklangen, die ihr glichen, die mich durch Gassen fremder Städte, durch Bahnhöfe, in Eisenbahnzüge lockten, wie in verwickelten Träumen. Es gab andere Tage, da sah ich ein, wie unnütz mein Suchen sei; dann saß ich untätig irgendwo in einem Park, in einem Hotelgarten, in einem Wartesaal und schaute in mich hinein und versuchte das Bild in mir lebendig zu machen. Aber es war jetzt scheu und flüchtig geworden. Nie konnte ich schlafen, nur auf den Bahnfahrten durch unbekannte Landschaften nickte ich für Viertelstunden ein. Einmal, in Zürich, stellte eine Frau mir nach, ein hübsches, etwas freches Weib. Ich sah sie kaum und ging weiter, als wäre sie Luft. Lieber wäre ich sofort gestorben, als daß ich einer andern Frau auch nur für eine Stunde Teilnahme geschenkt hätte.

Ich spürte, daß mein Schicksal mich zog, ich spürte, daß die Erfüllung nahe sei, und ich war toll vor Ungeduld, daß ich nichts dazu tun konnte. Einst auf einem Bahnhof, ich glaube, es war in Innsbruck, sah ich in einem eben wegfahrenden Zug im Fenster eine Gestalt, die mich an sie erinnerte, und war tagelang unglücklich. Und plötzlich erschien die Gestalt mir wieder nachts in einem Traume, ich erwachte mit einem beschämten und öden Gefühl von der Sinnlosigkeit meiner Jagd und fuhr geraden Weges nach Hause zurück.

Ein paar Wochen später ließ ich mich auf der Universität H. einschreiben. Alles enttäuschte mich. Das Kolleg über Geschichte der Philosophie, das ich hörte, war ebenso wesenlos und fabrikmäßig wie das Treiben der studierenden Jünglinge. Alles war so nach der Schablone, einer tat wie der andere, und die erhitzte Fröhlichkeit auf den knabenhaften Gesichtern sah so betrübend leer und fertiggekauft aus! Aber ich war frei, ich hatte meinen ganzen Tag für mich, wohnte still und schön in altem Gemäuer vor der Stadt und hatte auf meinem Tisch ein paar Bände Nietzsche liegen. Mit ihm lebte ich, fühlte die Einsamkeit seiner Seele, witterte das Schicksal, das ihn unaufhaltsam trieb, litt mit ihm und war selig, daß es einen gegeben hatte, der so unerbittlich seinen Weg gegangen war.

Spät am Abend schlenderte ich einst durch die Stadt, im wehenden Herbstwind, und hörte aus den Wirtshäusern die Studentenvereine singen. Aus geöffneten Fenstern drang Tabakrauch in Wolken hervor, und in dickem Schwall der Gesang, laut und straff, doch unbeschwingt und leblos uniform.

Ich stand an einer Straßenecke und hörte zu, aus zwei

Kneipen scholl die pünktlich ausgeübte Munterkeit der Jugend in die Nacht. Überall Gemeinsamkeit, überall Zusammenhocken, überall Abladen des Schicksals und Flucht in warme Herdennähe!

Hinter mir gingen zwei Männer langsam vorüber. Ich hörte ein Stück von ihrem Gespräch.

»Ist es nicht genau wie das Jungmännerhaus in einem Negerdorf?« sagte der eine. »Alles stimmt, sogar das Tätowieren ist noch Mode. Sehen Sie, das ist das junge Europa.«

Die Stimme klang mir wunderlich mahnend – bekannt. Ich ging den beiden in der dunklen Gasse nach. Der eine war ein Japaner, klein und elegant, ich sah unter einer Laterne sein gelbes lächelndes Gesicht aufglänzen.

Da sprach der andere wieder.

»Nun, es wird bei Ihnen in Japan auch nicht besser sein. Die Leute, die nicht der Herde nachlaufen, sind überall selten. Es gibt auch hier welche.«

Jedes Wort durchdrang mich mit freudigem Schrecken. Ich kannte den Sprecher. Es war Demian.

In der windigen Nacht folgte ich ihm und dem Japaner durch die dunkeln Gassen, hörte ihren Gesprächen zu und genoß den Klang von Demians Stimme. Sie hatte den alten Ton, sie hatte die alte, schöne Sicherheit und Ruhe, und sie hatte die Macht über mich. Nun war alles gut. Ich hatte ihn gefunden.

Am Ende einer vorstädtischen Straße nahm der Japaner Abschied und schloß eine Haustür auf. Demian ging den Weg zurück, ich war stehengeblieben und erwartete ihn mitten in der Straße. Mit Herzklopfen sah ich ihn mir entgegenkommen, aufrecht und elastisch, in einem braunen Gummimantel, einen dünnen Stock am Arme eingehängt. Er kam, ohne seinen gleichmäßigen Schritt zu ändern, bis dicht vor mich hin, nahm den Hut ab und zeigte mir sein altes helles Gesicht mit dem entschlossenen Mund und der eigentümlichen Helligkeit auf der breiten Stirn.

»Demian!« rief ich.

Er streckte mir die Hand entgegen.

»Also da bist du, Sinclair! Ich habe dich erwartet.«

»Wußtest du, daß ich hier bin?«

»Ich wußte es nicht gerade, aber ich hoffte es bestimmt. Gesehen habe ich dich erst heute abend, du bist uns ja die ganze Zeit nachgegangen.«

»Du kanntest mich also gleich?«

»Natürlich. Du hast dich zwar verändert. Aber du hast ja das Zeichen?«

»Das Zeichen? Was für ein Zeichen?«

»Wir nannten es früher das Kainszeichen, wenn du dich noch erinnern kannst. Es ist unser Zeichen. Du hast es immer gehabt, darum bin ich dein Freund geworden. Aber jetzt ist es deutlicher geworden.«

»Ich wußte es nicht. Oder eigentlich doch. Einmal habe ich ein Bild von dir gemalt, Demian, und war erstaunt, daß es auch mir ähnlich war. War das das Zeichen?«

»Das war es. Gut, daß du nun da bist! Auch meine Mutter wird sich freuen.«

Ich erschrak. »Deine Mutter? Ist sie hier? Sie kennt mich ja gar nicht.«

»Oh, sie weiß von dir. Sie wird dich kennen, auch ohne daß ich ihr sage, wer du bist. – Du hast lange nichts von dir hören lassen.«

»Oh, ich wollte oft schreiben, aber es ging nicht. Seit einiger Zeit habe ich gespürt, daß ich dich bald finden müsse. Ich habe jeden Tag darauf gewartet.«

Er schob seinen Arm in meinen und ging mit mir weiter. Ruhe ging von ihm aus und zog in mich ein. Wir plauderten bald wie früher. Wir gedachten der Schulzeit, des Konfirmationsunterrichtes, auch jenes unglücklichen Beisammenseins damals in den Ferien – nur von dem frühesten und engsten Bande zwischen uns, von der Geschichte mit Franz Kromer, war auch jetzt nicht die Rede.

Unversehens waren wir mitten in seltsamen und ahnungsvollen Gesprächen. Wir hatten, an jene Unterhaltung Demians mit dem Japaner anklingend, vom Studentenleben gesprochen und waren von da auf anderes gekommen, das weitab zu liegen schien; doch verband es sich in Demians Worten zu einem innigen Zusammenhang.

Er sprach vom Geist Europas und von der Signatur dieser Zeit. Überall, sagte er, herrsche Zusammenschluß und Herdenbildung, aber nirgends Freiheit und Liebe. Alle diese Gemeinsamkeit, von der Studentenverbindung und dem Gesangverein bis zu den Staaten, sei eine Zwangsbildung, es sei eine Gemeinschaft aus Angst, aus Furcht, aus Verlegenheit, und sie sei im Innern faul und alt und dem Zusammenbruch nahe.

»Gemeinsamkeit«, sagte Demian, »ist eine schöne Sache. Aber was wir da überall blühen sehen, ist gar keine. Sie wird neu entstehen, aus dem Voneinanderwissen der Einzelnen, und sie wird für eine Weile die Welt umformen. Was jetzt an Gemeinsamkeit da ist,

ist nur Herdenbildung. Die Menschen fliehen zueinander, weil sie voreinander Angst haben – die Herren für sich, die Arbeiter für sich, die Gelehrten für sich! Und warum haben sie Angst? Man hat nur Angst, wenn man mit sich selber nicht einig ist. Sie haben Angst, weil sie sich nie zu sich selber bekannt haben. Eine Gemeinschaft von lauter Menschen, die vor dem Unbekannten in sich selber Angst haben! Sie fühlen alle, daß ihre Lebensgesetze nicht mehr stimmen, daß sie nach alten Tafeln leben, weder ihre Religionen noch ihre Sittlichkeit, nichts von allem ist dem angemessen, was wir brauchen. Hundert und mehr Jahre lang hat Europa bloß noch studiert und Fabriken gebaut! Sie wissen genau, wieviel Gramm Pulver man braucht, um einen Menschen zu töten, aber sie wissen nicht, wie man zu Gott betet, sie wissen nicht einmal, wie man eine Stunde lang vergnügt sein kann. Sieh dir einmal so eine Studentenkneipe an! Oder gar einen Vergnügungsort, wo die reichen Leute hinkommen! Hoffnungslos! – Lieber Sinclair, aus alledem kann nichts Heiteres kommen. Diese Menschen, die sich so ängstlich zusammentun, sind voll von Angst und voll von Bosheit, keiner traut dem andern. Sie hängen an Idealen, die keine mehr sind, und steinigen jeden, der ein neues aufstellt. Ich spüre, daß es Auseinandersetzungen gibt. Sie werden kommen, glaube mir, sie werden bald kommen! Natürlich werden sie die Welt nicht ›verbessern‹. Ob die Arbeiter ihre Fabrikanten totschlagen, oder ob Rußland und Deutschland aufeinander schießen, es werden nur Besitzer getauscht. Aber umsonst wird es doch nicht sein. Es wird die Wertlosigkeit der heutigen Ideale dartun, es wird ein

Aufräumen mit steinzeitlichen Göttern geben. Diese Welt, wie sie jetzt ist, will sterben, sie will zugrunde gehen, und sie wird es.«

»Und was wird dabei aus uns?« fragte ich.

»Aus uns? Oh, vielleicht gehen wir mit zugrunde. Totschlagen kann man ja auch unsereinen. Nur daß wir damit nicht erledigt sind. Um das, was von uns bleibt, oder um die von uns, die es überleben, wird der Wille der Zukunft sich sammeln. Der Wille der Menschheit wird sich zeigen, den unser Europa eine Zeitlang mit seinem Jahrmarkt von Technik und Wissenschaft überschrien hat. Und dann wird sich zeigen, daß der Wille der Menschheit nie und nirgends gleich ist mit dem der heutigen Gemeinschaften, der Staaten und Völker, der Vereine und Kirchen. Sondern das, was die Natur mit dem Menschen will, steht in den einzelnen geschrieben, in dir und mir. Es stand in Jesus, es stand in Nietzsche. Für diese allein wichtigen Strömungen – die natürlich jeden Tag anders aussehen können, wird Raum sein, wenn die heutigen Gemeinschaften zusammenbrechen.«

Wir machten spät vor einem Garten am Flusse halt.

»Hier wohnen wir«, sagte Demian. »Komm bald zu uns! Wir erwarten dich sehr.«

Freudig ging ich durch die kühl gewordene Nacht meinen weiten Heimweg. Da und dort lärmten und schwankten heimkehrende Studenten durch die Stadt. Oft hatte ich den Gegensatz zwischen ihrer komischen Art von Fröhlichkeit und meinem einsamen Leben empfunden, oft mit einem Gefühl von Entbehrung, oft mit Spott. Aber noch nie hatte ich so wie heute mit Ruhe und geheimer Kraft gefühlt, wie wenig mich das anging, wie fern und verschollen diese Welt für mich war. Ich erinnerte mich an Beamte meiner Vaterstadt, alte, würdige Herren, welche an den Erinnerungen ihrer verkneipten Semester hingen wie an Andenken eines seligen Paradieses und mit der entschwundenen »Freiheit« ihrer Studentenjahre einen Kultus trieben, wie ihn sonst etwa Dichter oder andere Romantiker der Kindheit widmen. Überall dasselbe! Überall suchten sie die »Freiheit« und das »Glück« irgendwo hinter sich, aus lauter Angst, sie könnten ihrer eigenen Verantwortlichkeit erinnert und an ihren eigenen Weg gemahnt werden. Ein paar Jahre wurde gesoffen und gejubelt, und dann kroch man unter und wurde ein seriöser Herr im Staatsdienst. Ja, es war faul, faul bei uns, und diese Studentendummheit war weniger dumm und weniger schlimm als hundert andere.

Als ich jedoch in meiner entlegenen Wohnung angekommen war und mein Bett suchte, waren alle diese Gedanken verflogen, und mein ganzer Sinn hing wartend an dem großen Versprechen, das mir dieser Tag gegeben hatte. Sobald ich wollte, morgen schon, sollte ich Demians Mutter sehen. Mochten die Studenten ihre Kneipen abhalten und sich die Gesichter tätowieren, mochte die Welt faul sein und auf ihren Untergang warten – was ging es mich an! Ich wartete einzig darauf, daß mein Schicksal mir in einem neuen Bilde entgegentrete.

Ich schlief fest bis spät am Morgen. Der neue Tag brach für mich als ein feierlicher Festtag an, wie ich seit den Weihnachtsfeiern meiner Knabenzeit keinen mehr erlebt hatte. Ich war voll innerster Unruhe, doch ohne jede Angst. Ich fühlte, daß ein wichtiger Tag für mich angebrochen sei, ich sah und empfand die Welt um mich her verwandelt, wartend, beziehungsvoll und feierlich, auch der leise fließende Herbstregen war schön, still und festtäglich voll ernstfroher Musik. Zum erstenmal klang die äußere Welt mit meiner innern rein zusammen – dann ist Feiertag der Seele, dann lohnt es sich zu leben. Kein Haus, kein Schaufenster, kein Gesicht auf der Gasse störte mich, alles war, wie es sein mußte, trug aber nicht das leere Gesicht des Alltäglichen und Gewohnten, sondern war wartende Natur, stand ehrfurchtsvoll dem Schicksal bereit. So hatte ich als kleiner Knabe die Welt am Morgen der großen Feiertage gesehen, am Christtag und an Ostern. Ich hatte nicht gewußt, daß diese Welt noch so schön sein könne. Ich hatte mich daran gewöhnt, in mich hineinzuleben und mich damit abzufinden, daß mir der Sinn für das da draußen eben verlorengegangen sei, daß der Verlust der glänzenden Farben unvermeidlich mit dem Verlust der Kindheit zusammenhänge, und daß man gewissermaßen die Freiheit und Mannheit der Seele mit dem Verzicht auf diesen holden Schimmer bezahlen müsse. Nun sah ich entzückt, daß dies alles nur verschüttet und verdunkelt gewesen war und daß es möglich sei, auch als Freigewordener und auf Kinderglück Verzichtender die Welt strahlen zu sehen und die innigen Schauer des kindlichen Sehens zu kosten.

Es kam die Stunde, da ich den Vorstadtgarten wiederfand, bei dem ich mich diese Nacht von Max Demian verabschiedet hatte. Hinter hohen, regengrauen Bäumen verborgen, stand ein kleines Haus, hell und wohnlich, hohe Blumenstauden hinter einer großen Glaswand, hinter blanken Fenstern dunkle Zimmerwände mit Bildern und Bücherreihen. Die Haustür führte unmittelbar in eine kleine erwärmte Halle, eine stumme alte Magd, schwarz, mit weißer Schürze, führte mich ein und nahm mir den Mantel ab.

Sie ließ mich in der Halle allein. Ich sah mich um, und sogleich war ich mitten in meinem Traume. Oben an der dunkeln Holzwand, über einer Tür, hing unter Glas in einem schwarzen Rahmen ein wohlbekanntes Bild, mein Vogel mit dem goldgelben Sperberkopf, der sich aus der Weltschale schwang. Ergriffen blieb ich stehen – mir war so froh und weh ums Herz, als kehre in diesem Augenblick alles, was ich je getan und erlebt, zu mir zurück als Antwort und Erfüllung. Blitzschnell sah ich eine Menge von Bildern an meiner Seele vorüberlaufen; das heimatliche Vaterhaus mit dem alten Steinwappen überm Torbogen, den Knaben Demian, der das Wappen zeichnete, mich selbst als Knaben, angstvoll in den bösen Bann meines Feindes Kromer verstrickt, mich selbst als Jüngling, in meinem Schülerzimmerchen am stillen Tisch den Vogel meiner Sehnsucht malend, die Seele verwirrt ins Netz ihrer eigenen Fäden – und alles, und alles bis zu diesem Augenblick klang in mir wider, wurde in mir bejaht, beantwortet, gutgeheißen.

Mit naß gewordenen Augen starrte ich auf mein Bild und las in mir selbst. Da sank mein Blick herab: unter dem Vogelbilde in der geöffneten Tür stand eine große Frau in dunklem Kleid. Sie war es.

Ich vermochte kein Wort zu sagen. Aus einem Gesicht, das gleich dem ihres Sohnes ohne Zeit und Alter und voll von beseeltem Willen war, lächelte die schöne, ehrwürdige Frau mir freundlich zu. Ihr Blick war Erfüllung, ihr Gruß bedeutete Heimkehr. Schweigend streckte ich ihr die Hände entgegen. Sie ergriff sie beide mit festen, warmen Händen.

»Sie sind Sinclair. Ich kannte Sie gleich. Seien Sie willkommen!«

Ihre Stimme war tief und warm, ich trank sie wie süßen Wein. Und nun blickte ich auf und in ihr stilles Gesicht, in die schwarzen, unergründlichen Augen, auf den frischen, reifen Mund, auf die freie, fürstliche Stirn, die das Zeichen trug.

»Wie bin ich froh!« sagte ich zu ihr und küßte ihre Hände. »Ich glaube, ich bin mein ganzes Leben lang immer unterwegs gewesen – und jetzt bin ich heimgekommen.«

Sie lächelte mütterlich.

»Heim kommt man nie«, sagte sie freundlich. »Aber wo befreundete Wege zusammenlaufen, da sieht die ganze Welt für eine Stunde wie Heimat aus.«

Sie sprach aus, was ich auf dem Wege zu ihr gefühlt hatte. Ihre Stimme und auch ihre Worte waren denen ihres Sohnes sehr ähnlich, und doch ganz anders. Alles war reifer, wärmer, selbstverständlicher. Aber ebenso wie Max vor Zeiten auf niemand den Eindruck eines Knaben gemacht hatte, so sah seine Mutter gar nicht wie die Mutter eines erwachsenen Sohnes aus, so jung und süß war der Hauch über ihrem Gesicht und Haar, so straff und faltenlos war ihre goldene Haut, so blühend der Mund. Königlicher noch als in meinem Traume stand sie vor mir, und ihre Nähe war Liebesglück, ihr Blick war Erfüllung.

Dies also war das neue Bild, in dem mein Schicksal sich mir zeigte, nicht mehr streng, nicht mehr vereinsamend, nein reif und lustvoll! Ich faßte keine Entschlüsse, tat kein Gelübde – ich war an ein Ziel gekommen, an eine hohe Wegstelle, von wo aus der weitere Weg sich weit und herrlich zeigte, Ländern der Verheißung entgegenstrebend, überschattet von Baumwipfeln nahen Glückes, gekühlt von nahen Gärten jeder Lust. Mochte es mir gehen, wie es wollte, ich war selig, diese Frau in der Welt zu wissen, ihre Stimme zu trinken und ihre Nähe zu atmen. Mochte sie mir Mutter, Geliebte, Göttin werden – wenn sie nur da war! wenn nur mein Weg dem ihren nahe war!

Sie wies zu meinem Sperberbilde hinauf.

»Sie haben unserem Max nie eine größere Freude gemacht als mit diesem Bild«, sagte sie nachdenklich. »Und mir auch. Wir haben auf Sie gewartet, und als das Bild kam, da wußten wir, daß Sie auf dem Weg zu uns waren. Als Sie ein kleiner Knabe waren, Sinclair, da kam eines Tages mein Sohn aus der Schule und sagte: Es ist ein Junge da, der hat das Zeichen auf der Stirn, der muß mein Freund werden. Das waren Sie. Sie haben es nicht leicht gehabt, aber wir haben Ihnen vertraut. Einmal trafen Sie, als Sie in Ferien zu Hause waren, wieder mit Max zusammen. Sie waren damals so etwa sechzehn Jahre alt. Max erzählte mir davon –«

Ich unterbrach: »Oh, daß er Ihnen das gesagt hat! Es war meine elendeste Zeit damals!«

»Ja, Max sagte zu mir: Jetzt hat Sinclair das Schwerste vor sich. Er macht noch einmal einen Versuch, sich

in die Gemeinschaft zu flüchten, er ist sogar ein Wirts-
hausbruder geworden; aber es wird ihm nicht gelin-
gen. Sein Zeichen ist verhüllt, aber es brennt ihn
heimlich. – War es nicht so?«

»O ja, so war es, genau so. Dann fand ich Beatrice
und dann kam endlich wieder ein Führer zu mir. Er
hieß Pistorius. Erst da wurde mir klar, warum meine
Knabenzeit so sehr an Max gebunden war, warum ich
nicht von ihm loskommen konnte. Liebe Frau – liebe
Mutter, ich habe damals oft geglaubt, ich müsse mir
das Leben nehmen. Ist denn der Weg für jeden so
schwer?«

Sie fuhr mit ihrer Hand über mein Haar, leicht wie
Luft.

»Es ist immer schwer, geboren zu werden. Sie wissen,
der Vogel hat Mühe, aus dem Ei zu kommen. Denken
Sie zurück und fragen Sie: war der Weg denn so
schwer? nur schwer? War er nicht auch schön? Hätten Sie einen schöneren, einen leichteren gewußt?«

Ich schüttelte den Kopf.

»Es war schwer«, sagte ich wie im Schlaf, »es war
schwer, bis der Traum kam.«

Sie nickte und sah mich durchdringend an.

»Ja, man muß seinen Traum finden, dann wird der
Weg leicht. Aber es gibt keinen immerwährenden
Traum, jeden löst ein neuer ab, und keinen darf man
festhalten wollen.«

Ich erschrak tief. War das schon eine Warnung? War
das schon Abwehr? Aber einerlei, ich war bereit, mich
von ihr führen zu lassen und nicht nach dem Ziel zu
fragen.

»Ich weiß nicht«, sagte ich, »wie lange mein Traum

dauern soll. Ich wünsche, er wäre ewig. Unter dem Bild des Vogels hat mich mein Schicksal empfangen, wie eine Mutter, und wie eine Geliebte. Ihm gehöre ich und sonst niemand.«

»Solange der Traum Ihr Schicksal ist, solange sollen Sie ihm treu bleiben«, bestätigte sie ernst.

Eine Traurigkeit ergriff mich, und der sehnliche Wunsch, in dieser verzauberten Stunde zú sterben. Ich fühlte die Tränen – wie unendlich lange hatte ich nicht mehr geweint! – unaufhaltsam in mir aufquellen und mich überwältigen. Heftig wandte ich mich von ihr weg, trat an das Fenster und blickte mit blinden Augen über die Topfblumen hinweg.

Hinter mir hörte ich ihre Stimme, sie klang gelassen und war doch so voll von Zärtlichkeit wie ein bis zum Rande mit Wein gefüllter Becher.

»Sinclair, Sie sind ein Kind! Ihr Schicksal liebt Sie ja. Einmal wird es Ihnen ganz gehören, so wie Sie es träumen, wenn Sie treu bleiben.«

Ich hatte mich bezwungen und wandte ihr das Gesicht wieder zu. Sie gab mir die Hand.

»Ich habe ein paar Freunde«, sagte sie lächelnd, »ein paar ganz wenige, ganz nahe Freunde, die sagen Frau Eva zu mir. Auch Sie sollen mich so nennen, wenn Sie wollen.«

Sie führte mich zur Tür, öffnete und deutete in den Garten. »Sie finden Max da draußen.«

Unter den hohen Bäumen stand ich betäubt und erschüttert, wacher oder träumender als jemals, wußte es nicht. Sachte tropfte der Regen aus den Zweigen. Ich ging langsam in den Garten hinein, der sich weit das Flußufer entlang zog. Endlich fand ich Demian.

Er stand in einem offenen Gartenhäuschen mit nacktem Oberkörper und machte vor einem aufgehängten Sandsäckchen Boxübungen.

Erstaunt blieb ich stehen. Demian sah prachtvoll aus, die breite Brust, der feste, männliche Kopf, die gehobenen Arme mit gestrafften Muskeln waren stark und tüchtig, die Bewegungen kamen aus Hüften, Schultern und Armgelenken hervor wie spielende Quellen.

»Demian!« rief ich. »Was treibst du denn da?«

Er lachte fröhlich.

»Ich übe mich. Ich habe dem kleinen Japaner einen Ringkampf versprochen, der Kerl ist flink wie eine Katze und natürlich ebenso tückisch. Aber er wird nicht mit mir fertig werden. Es ist eine ganz kleine Demütigung, die ich ihm schuldig bin.«

Er zog Hemd und Rock über.

»Du warst schon bei meiner Mutter?« fragte er.

»Ja. Demian, was hast du für eine herrliche Mutter! Frau Eva! Der Name paßt vollkommen zu ihr, sie ist wie die Mutter aller Wesen.«

Er sah mir einen Augenblick nachdenklich ins Gesicht.

»Du weißt den Namen schon? Du kannst stolz sein, Junge! Du bist der erste, dem sie ihn schon in der ersten Stunde gesagt hat.«

Von diesem Tag an ging ich im Hause ein und aus wie ein Sohn und Bruder, aber auch wie ein Liebender. Wenn ich die Pforte hinter mir schloß, ja schon wenn ich von weitem die hohen Bäume des Gartens auftauchen sah, war ich reich und glücklich. Draußen war die »Wirklichkeit«, draußen waren Straßen und Häuser, Menschen und Einrichtungen, Bibliotheken und Lehrsäle – hier drinnen aber war Liebe und Seele, hier lebte das Märchen und der Traum. Und doch lebten wir keineswegs von der Welt abgeschlossen, wir lebten in Gedanken und Gesprächen oft mitten in ihr, nur auf einem anderen Felde, wir waren von der Mehrzahl der Menschen nicht durch Grenzen getrennt, sondern nur durch eine andere Art des Sehens. Unsere Aufgabe war, in der Welt eine Insel darzustellen, vielleicht ein Vorbild, jedenfalls aber die Ankündigung einer anderen Möglichkeit zu leben. Ich lernte, ich lang Vereinsamter, die Gemeinschaft kennen, die zwischen Menschen möglich ist, welche das völlige Alleinsein gekostet haben. Nie mehr begehrte ich zu den Tafeln der Glücklichen, zu den Festen der Fröhlichen zurück, nie mehr flog mich Neid oder Heimweh an, wenn ich die Gemeinsamkeiten der andern sah. Und langsam wurde ich eingeweiht in das Geheimnis derer, welche »das Zeichen« an sich trugen.

Wir, die mit dem Zeichen, mochten mit Recht der Welt für seltsam, ja für verrückt und gefährlich gelten. Wir waren Erwachte, oder Erwachende, und unser Streben ging auf ein immer vollkommneres Wachsein, während das Streben und Glücksuchen der anderen darauf ging, ihre Meinungen, ihre Ideale und Pflichten, ihr Leben und Glück immer enger an das der Herde zu binden. Auch dort war Streben, auch dort war Kraft und Größe. Aber während, nach unserer Auffassung, wir Gezeichneten den Willen der Natur zum Neuen, zum Vereinzelten und Zukünftigen darstellten, lebten die andern in einem Willen des Beharrens. Für sie war die Menschheit – welche sie liebten wie wir – etwas Fertiges, das erhalten und ge-schützt werden mußte. Für uns war die Menschheit eine ferne Zukunft, nach welcher wir alle unterwegs waren, deren Bild niemand kannte, deren Gesetze nir-gends geschrieben standen.

Außer Frau Eva, Max und mir gehörten zu unsrem Kreise, näher oder ferner, noch manche Suchende von sehr verschiedener Art. Manche von ihnen gingen be-sondere Pfade, hatten sich abgesonderte Ziele ge-steckt und hingen an besonderen Meinungen und Pflichten, unter ihnen waren Astrologen und Kabba-listen, auch ein Anhänger des Grafen Tolstoi, und al-lerlei zarte, scheue, verwundbare Menschen, Anhän-ger neuer Sekten, Pfleger indischer Übungen, Pflan-zenesser und andre. Mit diesen allen hatten wir ei-gentlich nichts Geistiges gemein als die Achtung, die ein jeder dem geheimen Lebenstraum des andern gönnte. Andre standen uns näher, welche das Suchen der Menschheit nach Göttern und neuen Wunschbil-dern in der Vergangenheit verfolgten und deren Stu-dien mich oft an die meines Pistorius erinnerten. Sie brachten Bücher mit, übersetzten uns Texte alter Sprachen, zeigten uns Abbildungen alter Symbole und Riten und lehrten uns sehen, wie der ganze Besitz der bisherigen Menschheit an Idealen aus Träumen der unbewußten Seele bestand, aus Träumen, in wel-chen die Menschheit tastend den Ahnungen ihrer Zu-kunftsmöglichkeiten nachging. So durchliefen wir den wunderbaren, tausendköpfigen Götterknäuel der alten Welt bis zum Herandämmern der christlichen Umkehr. Die Bekenntnisse der einsamen Frommen wurden uns bekannt, und die Wandlungen der Religionen von Volk zu Volk. Und aus allem, was wir sammelten, ergab sich uns die Kritik unserer Zeit und des jetzigen Europa, das in ungeheuren Bestrebungen mächtige neue Waffen der Menschheit erschaffen hatte, endlich aber in eine tiefe und zuletzt schreiende Verödung des Geistes geraten war. Denn es hatte die ganze Welt gewonnen, um seine Seele darüber zu verlieren.

Auch hier gab es Gläubige und Bekenner bestimmter Hoffnungen und Heilslehren. Es gab Buddhisten, die Europa bekehren wollten, und Tolstoijünger, und andre Bekenntnisse. Wir im engern Kreise hörten zu und nahmen keine dieser Lehren anders an denn als Sinnbilder. Uns Gezeichneten lag keine Sorge um die Gestaltung der Zukunft ob. Uns schien jedes Bekenntnis, jede Heilslehre schon im voraus tot und nutzlos. Und wir empfanden einzig das als Pflicht und Schicksal: daß jeder von uns so ganz er selbst werde, so ganz dem in ihm wirksamen Keim der Natur gerecht werde und zu Willen lebe, daß die ungewisse Zukunft uns zu allem und jedem bereit finde, was sie bringen möchte.

Denn dies war, gesagt und ungesagt, uns allen im Gefühl deutlich, daß eine Neugeburt und ein Zusammenbruch des Jetzigen nahe und schon spürbar sei. Demian sagte mir manchmal: »Was kommen wird, ist unausdenklich. Die Seele Europas ist ein Tier, das unendlich lang gefesselt lag. Wenn es frei wird, werden seine ersten Regungen nicht die lieblichsten sein. Aber die Wege und Umwege sind belanglos, wenn nur die wahre Not der Seele zutage kommt, die man seit so langem immer und immer wieder weglügt und betäubt. Dann wird unser Tag sein, dann wird man uns brauchen, nicht als Führer oder neue Gesetzgeber – die neuen Gesetze erleben wir nicht mehr –, eher als Willige, als solche, die bereit sind, mitzugehen und da zu stehen, wohin das Schicksal ruft. Sieh, alle Menschen sind bereit, das Unglaubliche zu tun, wenn ihre Ideale bedroht werden. Aber keiner ist da, wenn ein neues Ideal, eine neue, vielleicht gefährliche und unheimliche Regung des Wachstums anklopft. Die wenigen, welche dann da sind und mitgehen, werden wir sein. Dazu sind wir gezeichnet – wie Kain dazu gezeichnet war, Furcht und Haß zu erregen und die damalige Menschheit aus einem engen Idyll in gefährliche Weiten zu treiben. Alle Menschen, die auf den Gang der Menschheit gewirkt haben, alle ohne Unterschied waren nur darum fähig und wirksam, weil sie schicksalbereit waren. Das paßt auf Moses und Buddha, es paßt auf Napoleon und auf Bismarck. Welcher Welle einer dient, von welchem Pol aus er regiert wird, das liegt nicht in seiner Wahl. Wenn Bismarck die Sozialdemokraten verstanden und sich auf sie eingestellt hätte, so wäre er ein kluger Herr gewesen, aber kein Mann des Schicksals. So war es mit Napoleon, mit Cäsar, mit Loyola, mit allen! Man muß sich das immer biologisch und entwicklungsgeschichtlich denken! Als die Umwälzungen auf der Erdoberfläche die Wassertiere ans Land, Landtiere ins Wasser warf, da waren es die schicksalbereiten Exemplare, die das Neue und Unerhörte vollziehen und ihre Art durch neue Anpassungen retten konnten. Ob es dieselben Exemplare waren, welche vorher in ihrer Art als Konservative und Erhaltende hervorragten, oder eher die Sonderlinge und Revolutionäre, das wissen wir nicht. Sie waren bereit, und darum konnten sie ihre Art in neue Entwicklungen hinüber retten. Das wissen wir. Darum wollen wir bereit sein.«

Bei solchen Gesprächen war Frau Eva oft dabei, doch sprach sie selbst nicht in dieser Weise mit. Sie war für jeden von uns, der seine Gedanken äußerte, ein Zuhörer und Echo, voll von Vertrauen, voll von Verständnis, es schien, als kämen die Gedanken alle aus ihr und kehrten zu ihr zurück. In ihrer Nähe zu sitzen, zuweilen ihre Stimme zu hören und teilzuhaben an der Atmosphäre von Reife und Seele, die sie umgab, war für mich Glück.

Sie empfand es sogleich, wenn in mir irgendeine Veränderung, eine Trübung oder Erneuerung im Gange war. Es schien mir, als seien die Träume, die ich im Schlaf hatte, Eingebungen von ihr. Ich erzählte sie ihr oft, und sie waren ihr verständlich und natürlich, es gab keine Sonderbarkeiten, denen sie nicht mit klarem Fühlen folgen konnte. Eine Zeitlang hatte ich Träume, die wie Nachbildungen unsrer Tagesgespräche waren. Ich träumte, daß die ganze Welt in Aufruhr sei und daß ich, allein oder mit Demian, angespannt auf das große Schicksal warte. Das Schicksal blieb verhüllt, trug aber irgendwie die Züge der Frau Eva – von ihr erwählt oder verworfen zu werden, das war das Schicksal.

Manchmal sagte sie mit Lächeln: »Ihr Traum ist nicht ganz, Sinclair, Sie haben das Beste vergessen –« und es konnte geschehen, daß es mir dann wieder einfiel und ich nicht begreifen konnte, wie ich das hatte vergessen können.

Zuzeiten wurde ich unzufrieden und von Begehren gequält. Ich meinte, es nicht mehr ertragen zu können, sie neben mir zu sehen, ohne sie in die Arme zu schließen. Auch das bemerkte sie sofort. Als ich einst mehrere Tage wegblieb und dann verstört wiederkam, nahm sie mich beiseite und sagte: »Sie sollen sich nicht an Wünsche hingeben, an die Sie nicht glauben. Ich weiß, was Sie wünschen. Sie müssen diese Wünsche aufgeben können, oder sie ganz und richtig wünschen. Wenn Sie einmal so zu bitten vermögen, daß Sie der Erfüllung in sich ganz gewiß sind, dann ist auch die Erfüllung da. Sie wünschen aber, und bereuen es wieder, und haben Angst dabei. Das muß alles überwunden werden. Ich will Ihnen ein Märchen erzählen.«

Und sie erzählte mir von einem Jüngling, der in einen Stern verliebt war. Am Meere stand er, streckte die Hände aus und betete den Stern an, er träumte von ihm und richtete seine Gedanken an ihn. Aber er wußte, oder meinte zu wissen, daß ein Stern nicht von einem Menschen umarmt werden könne. Er hielt es für sein Schicksal, ohne Hoffnung auf Erfüllung ein Gestirn zu lieben, und er baute aus diesem Gedanken eine ganze Lebensdichtung von Verzicht und stummem, treuem Leiden, das ihn bessern und läutern sollte. Seine Träume gingen aber alle auf den Stern. Einmal stand er wieder bei Nacht am Meere, auf der hohen Klippe, und blickte in den Stern und brannte vor Liebe zu ihm. Und in einem Augenblick größter Sehnsucht tat er den Sprung und stürzte sich ins Leere, dem Stern entgegen. Aber im Augenblick des Springens noch dachte er blitzschnell: es ist ja doch unmöglich! Da lag er unten am Strand und war zerschmettert. Er verstand nicht zu lieben. Hätte er im Augenblick, wo er sprang, die Seelenkraft gehabt, fest und sicher an die Erfüllung zu glauben, er wäre nach oben geflogen und mit dem Stern vereinigt worden.

»Liebe muß nicht bitten«, sagte sie, »auch nicht fordern. Liebe muß die Kraft haben, in sich selbst zur Gewißheit zu kommen. Dann wird sie nicht mehr gezogen, sondern zieht. Sinclair, Ihre Liebe wird von mir gezogen. Wenn sie mich einmal zieht, so komme ich. Ich will keine Geschenke geben, ich will gewonnen werden.«

Ein anderes Mal aber erzählte sie mir ein anderes Märchen. Es war ein Liebender, der ohne Hoffnung liebte. Er zog sich ganz in seine Seele zurück und meinte vor Liebe zu verbrennen. Die Welt ging ihm verloren, er sah den blauen Himmel und den grünen Wald nicht mehr, der Bach rauschte ihm nicht, die Harfe klang ihm nicht, alles war versunken, und er war arm und elend geworden. Seine Liebe aber wuchs, und er wollte viel lieber sterben und verkommen, als auf den Besitz der schönen Frau verzichten, die er liebte. Da spürte er, wie seine Liebe alles andre in ihm verbrannt hatte, und sie wurde mächtig und zog und zog, und die schöne Frau mußte folgen, sie kam, er stand mit ausgebreiteten Armen um sie an sich zu ziehen. Wie sie aber vor ihm stand, da war sie ganz verwandelt, und mit Schauern fühlte und sah er, daß er die ganze verlorene Welt zu sich her gezogen hatte. Sie stand vor ihm und ergab sich ihm, Himmel und Wald und Bach, alles kam in neuen Farben frisch und herrlich ihm entgegen, gehörte ihm, sprach seine

Sprache. Und statt bloß ein Weib zu gewinnen, hatte er die ganze Welt am Herzen, und jeder Stern am Himmel glühte in ihm und funkelte Lust durch seine Seele. – Er hatte geliebt und dabei sich selbst gefunden. Die meisten aber lieben, um sich dabei zu verlieren.

Meine Liebe zu Frau Eva schien mir der einzige Inhalt meines Lebens zu sein. Aber jeden Tag sah sie anders aus. Manchmal glaubte ich bestimmt zu fühlen, daß es nicht ihre Person sei, nach der mein Wesen hingezogen strebte, sondern sie sei nur ein Sinnbild meines Innern und wolle mich nur tiefer in mich selbst hinein führen. Oft hörte ich Worte von ihr, die mir klangen wie Antworten meines Unbewußten auf brennende Fragen, die mich bewegten. Dann wieder gab es Augenblicke, in denen ich neben ihr vor sinnlichem Verlangen brannte und Gegenstände küßte, die sie berührt hatte. Und allmählich schoben sich sinnliche und unsinnliche Liebe, Wirklichkeit und Symbol übereinander. Dann geschah es, daß ich daheim in meinem Zimmer an sie dachte, in ruhiger Innigkeit, und dabei ihre Hand in meiner und ihre Lippen auf meinen zu fühlen meinte. Oder ich war bei ihr, sah ihr ins Gesicht, sprach mit ihr und hörte ihre Stimme und wußte doch nicht, ob sie wirklich und nicht ein Traum sei. Ich begann zu ahnen, wie man eine Liebe dauernd und unsterblich besitzen kann. Ich hatte beim Lesen eines Buches eine neue Erkenntnis, und es war dasselbe Gefühl wie ein Kuß von Frau Eva. Sie streichelte mir das Haar und lächelte mir ihre reife, duftende Wärme zu, und ich hatte dasselbe Gefühl, wie wenn ich in mir selbst einen Fortschritt gemacht hatte. Alles, was wichtig und Schicksal für mich war, konnte ihre Gestalt annehmen. Sie konnte sich in jeden meiner Gedanken verwandeln und jeder sich in sie.

Auf die Weihnachtsfeiertage, in denen ich bei meinen Eltern war, hatte ich mich gefürchtet, weil ich meinte, es müsse eine Qual sein, zwei Wochen lang entfernt von Frau Eva zu leben. Aber es war keine Qual, es war herrlich, zu Hause zu sein und an sie zu denken. Als ich nach H. zurückgekommen war, blieb ich noch zwei Tage ihrem Hause fern, um diese Sicherheit und Unabhängigkeit von ihrer sinnlichen Gegenwart zu genießen. Auch hatte ich Träume, in denen meine Vereinigung mit ihr sich auf neue gleichnishafte Arten vollzog. Sie war ein Meer, in das ich strömend mündete. Sie war ein Stern, und ich selbst war als ein Stern zu ihr unterwegs, und wir trafen uns und fühlten uns zueinander gezogen, blieben beisammen und drehten uns selig für alle Zeiten in nahen, tönenden Kreisen umeinander.

Diesen Traum erzählte ich ihr als ich sie zuerst wieder besuchte.

»Der Traum ist schön«, sagte sie still. »Machen Sie ihn wahr!«

In der Vorfrühlingszeit kam ein Tag, den ich nie vergessen habe. Ich trat in die Halle, ein Fenster stand offen und ein lauer Luftstrom wälzte den schweren Geruch der Hyazinthen durch den Raum. Da niemand zu sehen war, ging ich die Treppe hinauf in Max Demians Studierzimmer. Ich pochte leicht an die Tür und trat ein, ohne auf einen Ruf zu warten, wie ich es gewohnt war.

Das Zimmer war dunkel, die Vorhänge alle zugezogen. Die Türe zu einem kleinen Nebenraum stand offen, wo Max ein chemisches Laboratorium eingerichtet hatte. Von dorther kam das helle, weiße Licht der Frühlingssonne, die durch Regenwolken schien. Ich glaubte, es sei niemand da, und schlug einen der Vorhänge zurück.

Da sah ich auf einem Schemel nahe beim verhängten Fenster Max Demian sitzen, zusammengekauert und seltsam verändert, und wie ein Blitz durchfuhr mich ein Gefühl: das hast du schon einmal erlebt! Er hatte die Arme regungslos hängen, die Hände im Schoß, sein etwas vorgeneigtes Gesicht mit offenen Augen war blicklos und erstorben, im Augenstern blinkte tot ein kleiner, greller Lichtreflex, wie in einem Stück Glas. Das bleiche Gesicht war in sich versunken und ohne anderen Ausdruck als den einer ungeheuren Starrheit, es sah aus wie eine uralte Tiermaske am Portal eines Tempels. Er schien nicht zu atmen.

Erinnerung überschauerte mich – so, genau so hatte ich ihn schon einmal gesehen, vor vielen Jahren, als ich noch ein kleiner Junge war. So hatten die Augen nach innen gestarrt, so waren die Hände leblos nebeneinander gelegen, eine Fliege war ihm übers Gesicht gewandert. Und er hatte damals, vor vielleicht sechs Jahren, gerade so alt und so zeitlos ausgesehen, keine Falte im Gesicht war heute anders.

Von einer Furcht überfallen ging ich leise aus dem Zimmer und die Treppe hinab. In der Halle traf ich Frau Eva. Sie war bleich und schien ermüdet, was ich an ihr nicht kannte, ein Schatten flog durchs Fenster, die grelle, weiße Sonne war plötzlich verschwunden.

»Ich war bei Max«, flüsterte ich rasch. »Ist etwas geschehen? Er schläft, oder ist versunken, ich weiß nicht, ich sah ihn früher schon einmal so.«

»Sie haben ihn doch nicht geweckt?« fragte sie rasch.

»Nein. Er hat mich nicht gehört. Ich ging gleich wieder hinaus. Frau Eva, sagen Sie mir, was ist mit ihm?«

Sie fuhr sich mit dem Rücken der Hand über die Stirn.

»Seien Sie ruhig, Sinclair, es geschieht ihm nichts. Er hat sich zurückgezogen. Es wird nicht lange dauern.«

Sie stand auf und ging in den Garten hinaus, obwohl es eben zu regnen anfing. Ich spürte, daß ich nicht mitkommen sollte. So ging ich in der Halle auf und ab, roch an den betäubend duftenden Hyazinthen, starrte mein Vogelbild über der Türe an und atmete mit Beklemmung den seltsamen Schatten, von dem das Haus an diesem Morgen erfüllt war. Was war dies? Was war geschehen?

Frau Eva kam bald zurück. Regentropfen hingen ihr im dunkeln Haar. Sie setzte sich in ihren Lehnstuhl. Müdigkeit lag über ihr. Ich trat neben sie, beugte mich über sie und küßte die Tropfen aus ihrem Haar. Ihre Augen waren hell und still, aber die Tropfen schmeckten mir wie Tränen.

»Soll ich nach ihm sehen?« fragte ich flüsternd.

Sie lächelte schwach.

»Seien Sie kein kleiner Junge, Sinclair!« ermahnte sie

laut, wie um in sich selber einen Bann zu brechen. »Gehen Sie jetzt, und kommen Sie später wieder, ich kann jetzt nicht mit Ihnen reden.«

Ich ging und lief von Haus und Stadt hinweg gegen die Berge, der schräge dünne Regen kam mir entgegen, die Wolken trieben niedrig unter schwerem Druck wie in Angst vorüber. Unten ging kaum ein Wind, in der Höhe schien es zu stürmen, mehrmals brach für Augenblicke die Sonne bleich und grell aus dem stählernen Wolkengrau.

Da kam über den Himmel weg eine lockere gelbe Wolke getrieben, sie staute sich gegen die graue Wand und der Wind formte in wenigen Sekunden aus dem Gelben und dem Blauen ein Bild, einen riesengroßen Vogel, der sich aus blauem Wirrwarr losriß und mit weiten Flügelschlägen in den Himmel hinein verschwand. Dann wurde der Sturm hörbar, und Regen prasselte mit Hagel vermischt herab. Ein kurzer, unwahrscheinlich und schreckhaft tönender Donner krachte über der gepeitschten Landschaft, gleich darauf brach wieder ein Sonnenblick durch, und auf den nahen Bergen überm braunen Wald leuchtete fahl und unwirklich der bleiche Schnee.

Als ich naß und verblasen nach Stunden wiederkehrte, öffnete Demian mir selbst die Haustür.

Er nahm mich mit in sein Zimmer hinauf, im Laboratorium brannte eine Gasflamme, Papier lag umher, er schien gearbeitet zu haben.

»Setz dich«, lud er ein, »du wirst müde sein, es war ein scheußliches Wetter, man sieht, daß du tüchtig draußen warst. Tee kommt gleich.«

»Es ist heute etwas los«, begann ich zögernd, »es

kann nicht nur das bißchen Gewitter sein.«
Er sah mich forschend an.
»Hast du etwas gesehen?«
»Ja. Ich sah in den Wolken einen Augenblick deutlich ein Bild.«
»Was für ein Bild?«
»Es war ein Vogel.«
»Der Sperber? War er's? Dein Traumvogel?«
»Ja, es war mein Sperber. Er war gelb und riesengroß und flog in den blauschwarzen Himmel hinein.«
Demian atmete tief auf.
Es klopfte. Die alte Dienerin brachte Tee.
»Nimm dir, Sinclair, bitte. – Ich glaube, du hast den Vogel nicht zufällig gesehen?«
»Zufällig? Sieht man solche Sachen zufällig?«
»Gut, nein. Er bedeutet etwas. Weißt du was?«
»Nein. Ich spüre nur, daß es eine Erschütterung bedeutet, einen Schritt im Schicksal. Ich glaube, es geht uns alle an.«
Er ging heftig auf und ab.
»Einen Schritt im Schicksal!« rief er laut. »Dasselbe habe ich heute nacht geträumt, und meine Mutter hatte gestern eine Ahnung, die sagte das gleiche. – Mir hat geträumt, ich stieg eine Leiter hinauf, an einem Baumstamm oder Turm. Als ich oben war, sah ich das ganze Land, es war eine große Ebene, mit Städten und Dörfern brennen. Ich kann noch nicht alles erzählen, es ist mir noch nicht alles klar.«
»Deutest du den Traum auf dich?« fragte ich.
»Auf mich? Natürlich. Niemand träumt, was ihn nicht angeht. Aber es geht mich nicht allein an, da hast du recht. Ich unterscheide ziemlich genau die

Träume, die mir Bewegungen in der eigenen Seele anzeigen, und die anderen, sehr seltenen, in denen das ganze Menschenschicksal sich andeutet. Ich habe selten solche Träume gehabt, und nie einen, von dem ich sagen könnte, er sei eine Prophezeiung gewesen und in Erfüllung gegangen. Die Deutungen sind zu ungewiß. Aber das weiß ich bestimmt, ich habe etwas geträumt, was nicht mich allein angeht. Der Traum gehört nämlich zu anderen, früheren, die ich hatte und die er fortsetzt. Diese Träume sind es, Sinclair, aus denen ich die Ahnungen habe, von denen ich dir schon sprach. Daß unsere Welt recht faul ist, wissen wir, das wäre noch kein Grund, ihren Untergang oder dergleichen zu prophezeien. Aber ich habe seit mehreren Jahren Träume gehabt, aus denen ich schließe, oder fühle, oder wie du willst – aus denen ich also fühle, daß der Zusammenbruch einer alten Welt näher rückt. Es waren zuerst ganz schwache, entfernte Ahnungen, aber sie sind immer deutlicher und stärker geworden. Noch weiß ich nichts andres, als daß etwas Großes und Furchtbares im Anzug ist, das mich mit betrifft. Sinclair, wir werden das erleben, wovon wir manchmal gesprochen haben! Die Welt will sich erneuern. Es riecht nach Tod. Nichts Neues kommt ohne Tod. – Es ist schrecklicher, als ich gedacht hatte.« Erschrocken starrte ich ihn an.

»Kannst du mir den Rest deines Traumes nicht erzählen?« bat ich schüchtern.

Er schüttelte den Kopf.

»Nein.«

Die Türe ging und Frau Eva kam herein.

»Da sitzet ihr beieinander! Kinder, ihr werdet doch nicht traurig sein?«

Sie sah frisch und gar nicht mehr müde aus. Demian lächelte ihr zu, sie kam zu uns wie die Mutter zu verängstigten Kindern.

»Traurig sind wir nicht, Mutter, wir haben bloß ein wenig an diesen neuen Zeichen gerätselt. Aber es liegt ja nichts daran. Plötzlich wird das, was kommen will, da sein, und dann werden wir das, was wir zu wissen brauchen, schon erfahren.«

Mir aber war schlecht zumut, und als ich Abschied nahm und allein durch die Halle ging, empfand ich den Hyazinthenduft welk, fad und leichenhaft. Es war ein Schatten über uns gefallen.

Achtes Kapitel
Anfang vom Ende

Ich hatte es durchgesetzt, noch das Sommersemester in H. bleiben zu können. Statt im Hause, waren wir nun fast immer im Garten am Fluß. Der Japaner, der übrigens im Ringkampf richtig verloren hatte, war fort, auch der Tolstoimann fehlte. Demian hielt sich ein Pferd und ritt Tag für Tag mit Ausdauer. Ich war oft mit seiner Mutter allein.

Zuweilen wunderte ich mich über die Friedlichkeit meines Lebens. Ich war so lang gewohnt, allein zu sein, Verzicht zu üben, mich mühsam mit meinen Qualen herumzuschlagen, daß diese Monate in H. mir wie eine Trauminsel vorkamen, auf der ich bequem und verzaubert nur in schönen, angenehmen

Dingen und Gefühlen leben durfte. Ich ahnte, daß dies der Vorklang jener neuen, höheren Gemeinschaft sei, an die wir dachten. Und je und je ergriff mich über dies Glück eine tiefe Trauer, denn ich wußte wohl, es konnte nicht von Dauer sein. Mir war nicht beschieden, in Fülle und Behagen zu atmen, ich brauchte Qual und Hetze. Ich spürte: eines Tages würde ich aus diesen schönen Liebesbildern erwachen und wieder allein stehen, ganz allein, in der kalten Welt der anderen, wo für mich nur Einsamkeit oder Kampf war, kein Friede, kein Mitleben.

Dann schmiegte ich mich mit doppelter Zärtlichkeit in die Nähe der Frau Eva, froh darüber, daß mein Schicksal noch immer diese schönen, stillen Züge trug.

Die Sommerwochen vergingen schnell und leicht, das Semester war schon im Ausklingen. Der Abschied stand bald bevor, ich durfte nicht daran denken, und tat es auch nicht, sondern hing an den schönen Tagen wie ein Falter an der Honigblume. Das war nun meine Glückszeit gewesen, die erste Erfüllung meines Lebens und meine Aufnahme in den Bund – was würde dann kommen? Ich würde wieder mich durchkämpfen, Sehnsucht leiden, Träume haben, allein sein.

An einem dieser Tage überkam mich dies Vorgefühl so stark, daß meine Liebe zu Frau Eva plötzlich schmerzlich aufflammte. Mein Gott, wie bald, dann sah ich sie nicht mehr, hörte nicht mehr ihren festen, guten Schritt durchs Haus, fand nicht mehr ihre Blumen auf meinem Tisch! Und was hatte ich erreicht? Ich hatte geträumt und mich in Behagen gewiegt, statt sie zu gewinnen, statt um sie zu kämpfen und sie für immer an mich zu reißen! Alles, was sie mir je über die echte Liebe gesagt hatte, fiel mir ein, hundert feine, mahnende Worte, hundert leise Lockungen, Versprechungen vielleicht – was hatte ich daraus gemacht? Nichts! Nichts!

Ich stellte mich mitten in meinem Zimmer auf, faßte mein ganzes Bewußtsein zusammen und dachte an Eva. Ich wollte die Kräfte meiner Seele zusammennehmen, um sie meine Liebe fühlen zu lassen, um sie zu mir her zu ziehen. Sie mußte kommen und meine Umarmung ersehnen, mein Kuß mußte unersättlich in ihren reifen Liebeslippen wühlen.

Ich stand und spannte mich an, bis ich von den Fingern und Füßen her kalt wurde. Ich fühlte, daß Kraft von mir ausging. Für einige Augenblicke zog sich etwas in mir fest und eng zusammen, etwas Helles und Kühles; ich hatte einen Augenblick die Empfindung, ich trage einen Kristall im Herzen, und ich wußte, das war mein Ich. Die Kälte stieg mir bis zur Brust.

Als ich aus der furchtbaren Anspannung erwachte, fühlte ich, daß etwas käme. Ich war zu Tode erschöpft, aber ich war bereit, Eva ins Zimmer treten zu sehen, brennend und entzückt.

Hufgetrappel hämmerte jetzt die lange Straße heran, klang nah und hart, hielt plötzlich an. Ich sprang ans Fenster. Unten stieg Demian vom Pferde. Ich lief hinab.

»Was ist los, Demian? Es ist doch deiner Mutter nichts passiert?«

Er hörte nicht auf meine Worte. Er war sehr bleich, und Schweiß rann zu beiden Seiten von seiner Stirn über die Wangen. Er band die Zügel seines erhitzten

Pferdes an den Gartenzaun, nahm meinen Arm und ging mit mir die Straße hinab.

»Weißt du schon etwas?«

Ich wußte nichts.

Demian drückte meinen Arm und wandte mir das Gesicht zu, mit einem dunklen, mitleidigen, sonderbaren Blick.

»Ja, mein Junge, es geht nun los. Du wußtest ja von der großen Spannung mit Rußland –«

»Was? Gibt es Krieg? Ich habe nie daran geglaubt.«

Er sprach leise, obwohl kein Mensch in der Nähe war.

»Er ist noch nicht erklärt. Aber es gibt Krieg. Verlaß dich drauf. Ich habe dich seither mit der Sache nicht mehr belästigt, aber ich habe seit damals dreimal neue Anzeichen gesehen. Es wird also kein Weltuntergang, kein Erdbeben, keine Revolution. Es wird Krieg. Du wirst sehen, wie das einschlägt! Es wird den Leuten eine Wonne sein, schon jetzt freut sich jeder aufs Losschlagen. So fad ist ihnen das Leben geworden. – Aber du wirst sehen, Sinclair, das ist nur der Anfang. Es wird vielleicht ein großer Krieg werden, ein sehr großer Krieg. Aber auch das ist bloß der Anfang. Das Neue beginnt, und das Neue wird für die, die am Alten hängen, entsetzlich sein. Was wirst du tun?«

Ich war bestürzt, es klang mir alles noch fremd und unwahrscheinlich.

»Ich weiß nicht – und du?«

Er zuckte die Achseln.

»Sobald mobilisiert wird, rücke ich ein. Ich bin Leutnant.«

»Du? Davon wußte ich kein Wort.«

»Ja, es war eine von meinen Anpassungen. Du weißt, ich bin nach außen nie gern aufgefallen und habe immer eher etwas zuviel getan, um korrekt zu sein. Ich stehe, glaube ich, in acht Tagen schon im Felde –«

»Um Gottes willen –«

»Na, Junge, sentimental mußt du das nicht auffassen. Es wird mir ja im Grund kein Vergnügen machen, Gewehrfeuer auf lebende Menschen zu kommandieren, aber das wird nebensächlich sein. Es wird jetzt jeder von uns in das große Rad hineinkommen. Du auch. Du wirst sicher ausgehoben werden.«

»Und deine Mutter, Demian?«

Erst jetzt besann ich mich wieder auf das, was vor einer Viertelstunde gewesen war. Wie hatte sich die Welt verwandelt! Alle Kraft hatte ich zusammengerissen, um das süßeste Bild zu beschwören, und nun sah mich das Schicksal plötzlich neu aus einer drohend grauenhaften Maske an.

»Meine Mutter? Ach, um die brauchen wir keine Sorge zu haben. Sie ist sicher, sicherer als irgend jemand es heute auf der Welt ist. – Du liebst sie so sehr?«

»Du wußtest es, Demian?« Er lachte hell und ganz befreit.

»Kleiner Junge! Natürlich wußte ich's. Es hat noch niemand zu meiner Mutter Frau Eva gesagt, ohne sie zu lieben. Übrigens, wie war das? Du hast sie oder mich heute gerufen, nicht?«

»Ja, ich habe gerufen – – Ich rief nach Frau Eva.«

»Sie hat es gespürt. Sie schickte mich plötzlich weg, ich müsse zu dir. Ich hatte ihr eben die Nachrichten über Rußland erzählt.«

Wir kehrten um und sprachen wenig mehr, er machte sein Pferd los und stieg auf.

In meinem Zimmer oben spürte ich erst, wie erschöpft ich war, von Demians Botschaft und noch viel mehr von der vorherigen Anspannung. Aber Frau Eva hatte mich gehört! Ich hatte sie mit meinen Gedanken im Herzen erreicht. Sie wäre selbst gekommen – wenn nicht – – Wie sonderbar war dies alles, und wie schön im Grunde! Nun sollte ein Krieg kommen. Nun sollte das zu geschehen beginnen, was wir oft und oft geredet hatten. Und Demian hatte so viel davon vorausgewußt. Wie seltsam, daß jetzt der Strom der Welt nicht mehr irgendwo an uns vorbeilaufen sollte –, daß er jetzt plötzlich mitten durch unsere Herzen ging, daß Abenteuer und wilde Schicksale uns riefen und daß jetzt oder bald der Augenblick da war, wo die Welt uns brauchte, wo sie sich verwandeln wollte. Demian hatte recht, sentimental war das nicht zu nehmen. Merkwürdig war nur, daß ich nun die so einsame Angelegenheit »Schicksal« mit so vielen, mit der ganzen Welt gemeinsam erleben sollte. Gut denn!

Ich war bereit. Am Abend, als ich durch die Stadt ging, brausten alle Winkel von der großen Erregung. Überall das Wort – »Krieg«!

Ich kam in Frau Evas Haus, wir aßen im Gartenhäuschen zu Abend. Ich war der einzige Gast. Niemand sprach ein Wort von Krieg. Nur spät, kurz ehe ich wegging, sagte Frau Eva: »Lieber Sinclair, Sie haben mich heut gerufen. Sie wissen, warum ich nicht selbst kam. Aber vergessen Sie nicht: Sie kennen jetzt den Ruf, und wann immer Sie jemand brauchen, der das Zeichen trägt, dann rufen Sie wieder!«

Sie erhob sich und ging durch die Gartendämmerung voraus. Groß und fürstlich schritt die Geheimnisvolle zwischen den schweigenden Bäumen, und über ihrem Haupt glommen klein und zart die vielen Sterne.

Ich komme zum Ende. Die Dinge gingen ihren raschen Weg. Bald war Krieg, und Demian, wunderlich fremd in der Uniform mit dem silbergrauen Mantel, fuhr davon. Ich brachte seine Mutter nach Hause zurück. Bald nahm auch ich Abschied von ihr, sie küßte mich auf den Mund und hielt mich einen Augenblick an ihrer Brust, und ihre großen Augen brannten nah und fest in meine.

Und alle Menschen waren wie verbrüdert. Sie meinten das Vaterland und die Ehre. Aber es war das Schicksal, dem sie alle einen Augenblick in das unverhüllte Gesicht schauten. Junge Männer kamen aus Kasernen, stiegen in Bahnzüge, und auf vielen Gesichtern sah ich ein Zeichen – nicht das unsre – ein schönes und würdevolles Zeichen, das Liebe und Tod bedeutete. Auch ich wurde von Menschen umarmt, die ich nie gesehen hatte, und ich verstand es und erwiderte es gerne. Es war ein Rausch, in dem sie es taten, kein Schicksalswille, aber der Rausch war heilig, er rührte daher, daß sie alle diesen kurzen, aufrüttelnden Blick in die Augen des Schicksals getan hatten.

Es war schon beinahe Winter, als ich ins Feld kam.

Im Anfang war ich, trotz der Sensationen der Schießerei, von allem enttäuscht. Früher hatte ich viel darüber nachgedacht, warum so äußerst selten ein Mensch für ein Ideal zu leben vermöge. Jetzt sah ich, daß viele, ja alle Menschen fähig sind, für ein Ideal zu sterben. Nur durfte es kein persönliches, kein freies, kein gewähltes Ideal sein, es mußte ein gemeinsames und übernommenes sein.

Mit der Zeit sah ich aber, daß ich die Menschen unterschätzt hatte. So sehr der Dienst und die gemeinsame Gefahr sie uniformierte, ich sah doch viele, Lebende und Sterbende, sich dem Schicksalswillen prachtvoll nähern. Viele, sehr viele hatten nicht nur beim Angriff, sondern zu jeder Zeit den festen, fernen, ein wenig wie besessenen Blick, der nichts von Zielen weiß und volles Hingegebensein an das Ungeheure bedeutet. Mochten diese glauben und meinen, was immer sie wollten – sie waren bereit, sie waren brauchbar, aus ihnen würde sich Zukunft formen lassen. Und je starrer die Welt auf Krieg und Heldentum, auf Ehre und andre alte Ideale eingestellt schien, je ferner und unwahrscheinlicher jede Stimme scheinbarer Menschlichkeit klang, dies war alles nur die Oberfläche, ebenso wie die Frage nach den äußeren und politischen Zielen des Krieges nur Oberfläche blieb. In der Tiefe war etwas im Werden. Etwas wie eine neue Menschlichkeit. Denn viele konnte ich sehen, und mancher von ihnen starb an meiner Seite – denen war gefühlhaft die Einsicht geworden, daß Haß und Wut, Totschlagen und Vernichten nicht an die Objekte geknüpft waren. Nein, die Objekte, ebenso wie die Ziele, waren ganz zufällig. Die Urgefühle, auch die wildesten, galten nicht dem Feinde, ihr blutiges Werk war nur Ausstrahlung des Innern, der in sich zerspaltenen Seele, welche rasen und töten, vernichten und sterben wollte, um neu geboren werden zu können. Es kämpfte sich ein Riesenvogel aus dem Ei, und das Ei war die Welt, und die Welt mußte in Trümmer gehen.

Vor dem Gehöft, das wir besetzt hatten, stand ich in einer Vorfrühlingsnacht auf Wache. In launischen Stößen ging ein schlapper Wind, über den hohen, flandrischen Himmel ritten Wolkenheere, irgendwo dahinter eine Ahnung von Mond. Schon den ganzen Tag war ich in Unruhe gewesen, irgendeine Sorge störte mich. Jetzt, auf meinem dunklen Posten, dachte ich mit Innigkeit an die Bilder meines bisherigen Lebens, an Frau Eva, an Demian. Ich stand an eine Pappel gelehnt und starrte in den bewegten Himmel, dessen heimlich zuckende Helligkeiten bald zu großen, quellenden Bilderfolgen wurden. Ich spürte an der seltsamen Dünne meines Pulses, an der Unempfindlichkeit meiner Haut gegen Wind und Regen, an der funkelnden inneren Wachheit, daß ein Führer um mich sei.

In den Wolken war eine große Stadt zu sehen, aus der strömten Millionen von Menschen hervor, die verbreiteten sich in Schwärmen über weite Landschaften. Mitten unter sie trat eine mächtige Göttergestalt, funkelnde Sterne im Haar, groß wie ein Gebirge, mit den Zügen der Frau Eva. In sie hinein verschwanden die Züge der Menschen, wie in eine riesige Höhle, und waren weg. Die Göttin kauerte sich am Boden nieder, hell schimmerte das Mal auf ihrer Stirn. Ein Traum schien Gewalt über sie zu haben, sie schloß die Augen, und ihr großes Antlitz verzog sich in Weh. Plötzlich schrie sie hell auf, und aus ihrer Stirn sprangen Sterne, viele tausend leuchtende Sterne, die schwangen sich in herrlichen Bogen und Halbkreisen über den schwarzen Himmel.

Einer von den Sternen brauste mit hellem Klang gerade zu mir her, schien mich zu suchen. – Da krachte er brüllend in tausend Funken auseinander, es riß mich empor und warf mich wieder zu Boden, donnernd brach die Welt über mir zusammen.

Man fand mich nahe bei der Pappel, mit Erde bedeckt und mit vielen Wunden.

Ich lag in einem Keller, Geschütze brummten über mir. Ich lag in einem Wagen und holperte über leere Felder. Meistens schlief ich oder war ohne Bewußtsein. Aber je tiefer ich schlief, desto heftiger empfand ich, daß etwas mich zog, daß ich einer Kraft folgte, die über mich Herr war.

Ich lag in einem Stall auf Stroh, es war dunkel, jemand war mir auf die Hand getreten. Aber mein Inneres wollte weiter, stärker zog es mich weg. Wieder lag ich auf einem Wagen und später auf einer Bahre oder Leiter, immer stärker fühlte ich mich irgendwohin befohlen, fühlte nichts als den Drang, endlich dahin zu kommen.

Da war ich am Ziel. Es war Nacht, ich war bei vollem Bewußtsein, mächtig hatte ich soeben noch den Zug und Drang in mir empfunden. Nun lag ich in einem Saal, am Boden gebettet, und fühlte, daß ich dort sei, wohin ich gerufen war. Ich blickte um mich, dicht neben meiner Matratze lag eine andre und jemand auf ihr, der neigte sich vor und sah mich an. Er hatte das Zeichen auf der Stirn. Es war Max Demian.

Ich konnte nicht sprechen, und auch er konnte oder wollte nicht. Er sah mich nur an. Auf seinem Gesicht lag der Schein einer Ampel, die über ihm an der Wand hing. Er lächelte mir zu.

Eine unendlich lange Zeit sah er mir immerfort in die Augen. Langsam schob er sein Gesicht mir näher, bis wir uns fast berührten.

»Sinclair!« sagte er flüsternd.

Ich gab ihm ein Zeichen mit den Augen, daß ich ihn verstehe.

Er lächelte wieder, beinah wie in Mitleid.

»Kleiner Junge!« sagte er lächelnd.

Sein Mund lag nun ganz nahe an meinem. Leise fuhr er fort zu sprechen.

»Kannst du dich noch an Franz Kromer erinnern?« fragte er.

Ich zwinkerte ihm zu, und konnte auch lächeln.

»Kleiner Sinclair, paß auf! Ich werde fortgehen müssen. Du wirst mich vielleicht einmal wieder brauchen, gegen den Kromer oder sonst. Wenn du mich dann rufst, dann komme ich nicht mehr so grob auf einem Pferd geritten oder mit der Eisenbahn. Du mußt dann in dich hinein hören, dann merkst du, daß ich in dir drinnen bin. Verstehst du? – Und noch etwas! Frau Eva hat gesagt, wenn es dir einmal schlecht gehe, dann solle ich dir den Kuß von ihr geben, den sie mir mitgegeben hat... Mach die Augen zu, Sinclair!«

Ich schloß gehorsam meine Augen zu, ich spürte einen leichten Kuß auf meinen Lippen, auf denen ich immer ein wenig Blut stehen hatte, das nie weniger werden wollte. Und dann schlief ich ein.

Am Morgen wurde ich geweckt, ich sollte verbunden werden. Als ich endlich richtig wach war, wendete ich mich schnell nach der Nachbarmatratze hin. Es lag ein fremder Mensch darauf, den ich nie gesehen hatte.

Das Verbinden tat weh. Alles, was seither mit mir geschah, tat weh. Aber wenn ich manchmal den Schlüssel finde und ganz in mich selbst hinuntersteige, da wo im dunkeln Spiegel die Schicksalsbilder schlummern, dann brauche ich mich nur über den schwarzen Spiegel zu neigen und sehe mein eigenes Bild, das nun ganz Ihm gleicht, Ihm, meinem Freund und Führer.

Zeittafel

1877	geboren am 2. Juli in Calw/Württemberg
1892	Flucht aus dem evang.-theol. Seminar in Maulbronn
1899	»Romantische Lieder«, »Eine Stunde hinter Mitternacht«
1901	»Hermann Lauscher«
1904	»Peter Camenzind«. Ehe mit Maria Bernoulli
1906	»Unterm Rad«
1907	Mitherausgeber der antiwilhelminischen Zeitschrift »März« (München), »Diesseits«. Erzählungen
1908	»Nachbarn«. Erzählungen
1910	»Gertrud«
1911	Indienreise
1912	»Umwege«. Erzählungen. Hesse verläßt Deutschland und übersiedelt nach Bern
1913	»Aus Indien«. Aufzeichnungen von einer indischen Reise
1914	»Roßhalde«
1915	Organisation und Gründung der Zentrale für »Deutsche Kriegsgefangenenfürsorge« Bern, die Hesse bis 1919 mit Richard Woltereck leitet. Herausgeber der »Deutschen Interniertenzeitung«, der »Bücher für deutsche Kriegsgefangene« und des »Sonntagsboten für deutsche Kriegsgefangene«
1915	»Knulp«
1919	»Demian«, »Märchen«, »Zarathustras Wiederkehr«. Gründung und Herausgabe der Zeitschrift »Vivos voco«, ›Für neues Deutschtum‹, (Leipzig, Bern)
1920	»Klingsors letzter Sommer«, »Wanderung«
1922	»Siddhartha«
1924	Hesse wird Schweizer Staatsbürger. Ehe mit Ruth Wenger
1925	»Kurgast«
1926	»Bilderbuch«
1927	»Die Nürnberger Reise«, »Der Steppenwolf«
1928	»Betrachtungen«
1929	»Eine Bibliothek der Weltliteratur«
1930	»Narziß und Goldmund«. Austritt aus der »Preußischen Akademie der Künste«, Sektion Sprache und Dichtung

2006   »Die dunkle und wilde Seite der Seele«. Briefwechsel mit
        seinem Psychoanalytiker Josef Bernhard Lang. 1916–1944.
        Herausgegeben von Thomas Feitknecht.
        Hermann Hesse/Stefan Zweig, »Briefwechsel«.
        Herausgegeben von Volker Michels
2007   »Vom Wert des Alters«. Herausgegeben von Volker Michels
        mit Fotografien von Martin Hesse
2008   »Außerhalb des Tages und des Schwindels«. Hermann Hesse/
        Alfred Kubin – Briefwechsel. Herausgegeben von Volker
        Michels
2009   »Verehrter großer Zauberer«. Hermann Hesse/Peter Weiss
        – Briefwechsel. Herausgegeben von Beat Mazenauer und
        Volker Michels
2010   »Jahre am Bodensee«. Herausgegeben von Volker Michels
2012   »Ich gehorche nicht und werde nicht gehorchen!«.
        Briefe 1881–1904. Herausgegeben von Volker Michels
2013   »Aus dem Traurigen etwas Schönes machen«.
        Briefe 1905–1915. Herausgegeben von Volker Michels
2015   »Eine Bresche ins Dunkel der Zeit!« Briefe 1916–1923.
        Herausgegeben von Volker Michels
2017   »Ich bin ein Mensch des Werdens und der Wandlungen«
        Briefe 1924–1932. Herausgegeben von Volker Michels
2018   »In den Niederungen des Aktuellen«. Briefe 1933–1939.
        Herausgegeben von Volker Michels

Materialien zu Hermann Hesses ›Demian‹
Erster Band:
Die Entstehungsgeschichte in Selbstzeugnissen
Zweiter Band:
Die Wirkungsgeschichte
Herausgegeben von Volker Michels
suhrkamp taschenbuch 1947 und 2520

Wenige Bücher Hermann Hesses haben eine so interessante Entstehungs- und Wirkungsgeschichte wie seine unter dem Druck des Ersten Weltkriegs entstandene und 1919 pseudonym unter dem Decknamen Emil Sinclair erschienene Erzählung *Demian*. Sie ist sowohl das Ergebnis seiner frühen Beschäftigung mit der Psychoanalyse als auch eine Art Autotherapie gegen die Folgen zeitgeschichtlicher und persönlicher Entwurzelung.

Demian wurde sowohl zur Identifikationsfigur der Jugendbewegung als auch zu einem Buch der literarischen Avantgarde, die nach der politischen Fremdbestimmung durch den Krieg in dem bisher unbekannten Verfasser Emil Sinclair einen gleichartigen und gleichgesinnten Schriftsteller zur Neuorientierung und Selbstfindung gefunden zu haben glaubte. In zahlreichen Selbst- und Zeitzeugnissen zur Entstehungsgeschichte, die bereits vor der Niederschrift des *Demian* mit Sinclairs Zeitungspublikationen gegen den Krieg einsetzt, bis zur Entdeckung des Pseudonyms überliefert der erste Band den Werdegang eines Buches, das heute u. a. als eine eigenständige poetische Inkarnation der Tiefenpsychologie C. G. Jungs gelesen wird.

Die Dokumentation enthält außerdem die wichtigsten Stellungnahmen des Dichters über den *Demian* aus seinen bisher auffindbaren Antworten auf unzählige Leserzuschriften von 1919 bis 1962.

Der Band mit den Pressestimmen zur Wirkungsgeschichte illustriert das Echo, welches der *Demian* seit 1919 gehabt hat, mit einer Auswahl der interessantesten journalistischen und wissenschaftlichen Deutungen, die im Verlauf der letzten fünfundsiebzig Jahre aus psychoanalytischer, politischer, theologischer und philologischer Sicht im In- und Ausland darüber veröffentlicht wurden.

Hermann Hesse
im Suhrkamp und im Insel Verlag
Eine Auswahl

Demian. Die Geschichte von Emil Sinclairs Jugend. st 4353.
293 Seiten

Die Heimkehr. st 4334. 66 Seiten

Narziß und Goldmund. Erzählung. st 4356. 465 Seiten

Siddhartha. Eine indische Dichtung. st 4354. 204 Seiten

Der Steppenwolf. st 4355. 421 Seiten

Unterm Rad. Erzählung. st 4352. 261 Seiten

Hermann Hesse Werkausgaben

**Das erzählerische Werk. Sämtliche Jugendschriften,
Romane, Erzählungen, Märchen und Gedichte.** Herausgegeben von Volker Michels. 10 Bände in Kassette.
Broschur. 6137 Seiten

**Das essayistische Werk. Autobiographische Schriften.
Betrachtungen und Berichte. Die politischen Schriften.** Herausgegeben von Volker Michels. 10 Bände in
Kassette. Broschur. 7127 Seiten

Mit dem Erstaunen fängt es an. Herkunft und Heimat. Natur und Kunst. 208 Seiten. Gebunden. it 2899. 195 Seiten

Unerschrocken denken. Gedanken aus seinen Werken und Briefen. Politik. Ratio. Wissen und Bewußtsein. st 3974. 113 Seiten

Wer lieben kann, ist glücklich. Über die Liebe. 224 Seiten. Gebunden. it 2855. 211 Seiten

Biographien

Hugo Ball. Hermann Hesse. Sein Leben und sein Werk. st 385. 188 Seiten

Gunnar Decker. Hermann Hesse. Der Wanderer und sein Schatten. st 4458. 703 Seiten

Hermann Hesse. Schauplätze seines Lebens. Mit zahlreichen Fotografien. Herausgegeben von Herbert Schnierle-Lutz. it 1964. 345 Seiten

Michael Limberg. Hermann Hesse. Leben – Werk – Wirkung. sb 1. 159 Seiten

Alois Prinz. »Und jedem Anfang wohnt ein Zauber inne«. Die Lebensgeschichte des Hermann Hesse. st 3742. 403 Seiten

Briefausgaben

Hermann Hesse. Ausgewählte Briefe. Erweiterte Ausgabe. Zusammengestellt von Hermann Hesse und Ninon Hesse. st 211. 567 Seiten

Hermann Hesse. Briefe an Freunde. Rundbriefe 1946–1962 und späte Tagebücher. Herausgegeben von Volker Michels. it 2642. 297 Seiten

Hermann Hesse. Die Antwort bist du selbst. Briefe an junge Menschen. Herausgegeben von Volker Michels. it 2583. 420 Seiten

Hermann Hesse. »Ich gehorche nicht und werde nicht gehorchen!«. Briefe 1881–1904. Herausgegeben von Volker Michels. Gebunden. 661 Seiten

»Aus dem Traurigen etwas Schönes machen« – Briefe. 1905–1915. Herausgegeben von Volker Michels. Leinen. 636 Seiten

»Eine Bresche ins Dunkel der Zeit!« Briefe 1916–1923. Herausgegeben von Volker Michels. Leinen. 669 Seiten

»Ich bin ein Mensch des Werdens und der Wandlungen« Briefe 1924–1932. Herausgegeben von Volker Michels. Leinen. 752 Seiten

»In den Niederungen des Aktuellen« Briefe 1933–1939. Herausgegeben von Volker Michels. Leinen. 750 Seiten

Hermann Hesse. »Liebes Herz!« Briefwechsel mit seiner zweiten Frau Ruth. Herausgegeben von Ursula und Volker Michels. Mit Abbildungen. Gebunden. 644 Seiten

Hermann Hesse. Stufen des Lebens. Briefe. Mit einem Nachwort von Siegfried Unseld. IB 1231. Gebunden. 120 Seiten

Ninon Hesse. »Lieber, lieber Vogel«. Briefe an Hermann Hesse. Herausgegeben von Gisela Kleine. Mit Abbildungen. 619 Seiten. Gebunden. st 3373. 620 Seiten

Hermann Hesse / Hugo Ball und Emmy Ball-Hennings. Briefwechsel 1921–1927. Herausgegeben von Bärbel Reetz. Gebunden. 612 Seiten

Hermann Hesse / Conrad Haußmann. Von Poesie und Politik. Briefwechsel 1907–1922. Herausgegeben von Helga Abret. Gebunden. 407 Seiten

Hermann Hesse / Peter Weiss. »Verehrter großer Zauberer«. Briefwechsel 1937–1962. Gebunden. 249 Seiten

Hermann Hesse / Stefan Zweig. Briefwechsel. BS 1407. 206 Seiten

Gedichte

Bäume. Herausgegeben von Volker Michels. Mit farbigen Fotografien von Dagmar Morath und Zeichnungen von Hermann Hesse. IB 1393. 131 Seiten

Bäume. Betrachtungen und Gedichte. Mit Fotografien. Ausgewählt von Volker Michels. it 455. 144 Seiten

Die Gedichte. Herausgegeben und mit einem Nachwort von Volker Michels. 700 Seiten. Gebunden. it 2762. 847 Seiten

Stufen. Ausgewählte Gedichte. BS 342. 256 Seiten

Hermann Hesse als Maler

Farbe ist Leben. Eine Auswahl seiner schönsten Aquarelle. Vorgestellt von Volker Michels. it 1810. 176 Seiten

Magie der Farben. Aquarelle aus dem Tessin. Mit Betrachtungen und Gedichten. Auswahl und Nachwort von Volker Michels. it 482. 116 Seiten

Spiel mit Farben. Der Dichter als Maler. Mit etwa 300 Aquarellen von Hermann Hesse. Herausgegeben von Volker Michels. Gebunden. 276 Seiten

Tessin. Betrachtungen, Gedichte und Aquarelle des Autors. Herausgegeben und mit einem Nachwort von Volker Michels. it 1494. 307 Seiten

Mit Hermann Hesse auf Reisen

Engadiner Erlebnisse. Erinnerungen, Gedichte, Briefe und Aquarelle. Herausgegeben von Volker Michels. Mit farbigen Aquarellen des Dichters, Fotos und Zeichnungen. Gebunden. 147 Seiten

Mit Hermann Hesse durch Italien. Ein Reisebegleiter durch Oberitalien. Herausgegeben von Volker Michels. it 1120. 214 Seiten

NF 212 / 6 / 4.19

Italien. Schilderungen, Tagebücher, Gedichte, Aufsätze, Buchbesprechungen und Erzählungen. Herausgegeben und mit einem Nachwort von Volker Michels. Mit zahlreichen Abbildungen und Fotografien. st 689. 536 Seiten

Die Nürnberger Reise. Mit Bildern von Pieter Jos van Limbergen und einem Nachwort von Siegfried Unseld. it 4279. 122 Seiten